U0140754

职业院校
创新发明与实践

朱照红 主编

清华大学出版社

北 京

内 容 简 介

创新是一个民族进步的灵魂,是社会发展的不竭动力。

本书基于创新文化与创新思维教育、创新理论与创新技法教育、专利申请和科技创业教育"三步走"的创新教育模式,主要阐述了职业院校创新文化建设、创新思维类型与发展训练、创新发明经典理论、创新与发明实用技法、专利查新与申请和专利成果转化等相关知识和实用方法。

本书可作为中职和高职院校开展创新教育的教材,也可作为社会各界人士了解职业院校创新教育的参考资料。

本书封面贴有清华大学出版社防伪标签,无标签者不得销售。

版权所有,侵权必究。侵权举报电话:010-62782989　13701121933

图书在版编目(CIP)数据

职业院校创新发明与实践 / 朱照红主编. —北京:清华大学出版社,2011.11
ISBN 978-7-302-27292-2

Ⅰ. ①职… Ⅱ. ①朱… Ⅲ. ①高等职业教育-创造教育-研究 Ⅳ. ①G718.5

中国版本图书馆 CIP 数据核字(2011)第 223468 号

责任编辑:帅志清
责任校对:刘　静
责任印制:何　芊
出版发行:清华大学出版社
　　　　网　　址:http://www.tup.com.cn,http://www.wqbook.com
　　　　地　　址:北京清华大学学研大厦 A 座　　　邮　　编:100084
　　　　社 总 机:010-62770175　　　　　　　　　邮　　购:010-62786544
　　　　投稿与读者服务:010-62776969,c-service@tup.tsinghua.edu.cn
　　　　质 量 反 馈:010-62772015,zhiliang@tup.tsinghua.edu.cn
印 装 者:北京嘉实印刷有限公司
经　　销:全国新华书店
开　　本:185mm×260mm　　印　　张:11.5　　字　　数:232 千字
版　　次:2011 年 11 月第 1 版　　　　　　印　　次:2012 年 2 月第 3 次印刷
印　　数:5001~8000
定　　价:26.00 元

产品编号:044972-02

《职业院校创新发明与实践》
编审委员会

主任委员:

尹伟民　马能和　黄海鸥　任祖平　张家生

高恒龙　陆庆江　谷少平　马永祥　刘汉华

委　员:

朱照红　肖永刚　叶　琳　沈　鹏　姚新生

刘　瞳　戴分飞　冯　斌　顾海洋　丁　俊

王　华　周俊霏　王　斌　王　杰　黄　煜

许劲峰　乐　园　谢永东

主　编: 朱照红

副主编: 马永祥　肖永刚

主　审: 任祖平

前言

创新是一个民族进步的灵魂，是社会发展的不竭动力。职业院校大力推进创新教育既是全面实施"技能+创新"双轮驱动战略的需要，更是全面构建创新型社会，深入贯彻落实《国家中长期教育改革与发展规划纲要（2010—2020）》的历史要求。此外，职业院校开展创新教育，有利于积极提升职业院校专业建设水平，推进产学研结合，促进校企深度合作；有利于拓宽德育工作的途径，增强学生服务社会、贡献才智的积极性和创造性；有利于职业院校创新文化的形成，促使创新成为我国职业教育加快发展的内在驱动力和人才培养的核心要素。

职业学校开展创新教育，用创新教育引领专业教育，实行专业与创新相结合的双轨教育，将创新文化建设、创新技法学习、专利申请和科技创业"三步走"的创新教育模式纳入职业教育的各个阶段，即：创新文化教育与专业文化教育同步，创新技法教育提升专业技能，专利转化教育为科技创业和高质态就业做好技术准备。这也正是本书编写的目的和要求。

本教材具有以下鲜明特色。

1. 坚持以"创新思维教育、创新能力提升、创新成果转化"为主线组织编写，不枝不蔓。

2. 将国际先进的创新理论与专业创新结合起来，以萃智(TRIZ)理论为基础，迁移出六大发明技法。实践证明，这六大发明技法完全能满足各专业的创新需求。

3. "以能力为本位，以学生为主体、以职业实践为对象"的职业创新教育改革理念同样体现在本教材编写的各章节中，确保"教得好、学得进、用得上"。

4. 采用大量的图片、生动的案例和精心设计的课堂教学实践来指导"做中教、做中学"。

本书主要内容包括：创新文化教育、创新思维教育、创新理论学习、创新技法应用、专利查新和申请、专利转化和科技创业等内容。

本书由朱照红任主编并负责第3章和第4章的编写工作。江苏省泰州机电分院马永祥任副主编并负责编写第1章；泰州市教育局职业与社会教育处肖永刚任副主编并负责编写第5章和第6章；江苏广播电视大学靖江学院叶琳老师负责编写第2章。参加本书编写的还有刘瞳、沈鹏、姚新生、戴分飞、冯斌、顾海洋、丁俊、王华、周俊霏、王斌、王杰、黄煜、许劲峰、乐园和谢永东等老师。东南大学任祖平教授担任本书的主审。

本书在编写过程中还得到了东南大学任祖平教授、江苏省青少年科技中心黄海鸥高级工程师、全国发明家张家生、泰州市教育局职业与社会教育处陆庆江处长、泰州市技师学院谷少平院长等专家的指导和帮助，在此一并表示衷心的感谢。

　　限于编者水平，书中不足或疏漏之处在所难免，恳请广大读者批评指正。

编者

2011年8月

职业院校创新发明与实践

目录

第一篇 创新文化与创新思维

第二篇 创新理论与创新技法

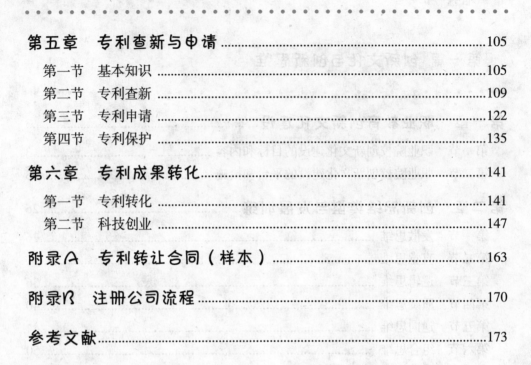

职业院校创新发明与实践

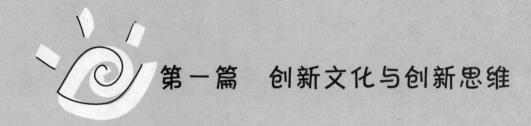

第一篇　创新文化与创新思维

第一章　职业教育创新文化建设

创新，是民族进步的灵魂，是社会发展的不竭动力。

2005年温家宝总理看望著名物理学家钱学森时，钱老感慨："现在中国没有完全发展起来，一个重要原因是没有一所大学能够按照培养科学技术发明创造人才的模式去办学，没有自己独特的创新的东西，老是'冒'不出杰出人才。"

"为什么我们的学校总是培养不出杰出人才？""两弹一星"元勋，著名物理学家钱学森先生在接受温家宝总理关怀时问出了这句振聋发聩、痛心疾首的话（著名的"钱学森之问"）。

总理一语破的，道出了问题的实质：要培养杰出人才，关键是教育。也就是如何从通识型、学者型人才教育模式向技能型、创造型培养目标的转型。

第一节　职业院校创新文化建设的目标和内容

一、创新和创新文化建设

创新是以新思维、新发明和新知识描述为特征的一种概念化过程。创新是人类特有的认识能力和实践能力，是人类主观能动性的高级表现形式，是推动民族进步和社会发展的不竭动力。

创新教育就是以培养人们**创新精神**和创新能力为基本价值取向的教育。职业院校创新教育的核心问题是研究在专业教学过程中如何培养学生的创新意识、创新精神和创新能力的问题。

我们知道，文化是一个群体（可以是国家，也可以是民族、企业、家庭）在一定时期内形成的思想、理念、行为、风俗、习惯、代表人物，以及由这个群体整体意识所辐射出来的一切活动。创新文化则是专指一切创新思维和创新实践活动过程中的思想、观念、形式、组织、制度、机制等文字化的东西。

职业教育创新文化也可泛指职业院校在传播、组织、开展创新教育过程中的一切关系、意识、行为、制度等。职业院校开展创新文化建设需重点推进的工作包括领导理念转变、师资队伍建设、学生团队基础、活动平台搭建和创新机制建立等，如图1-1所示。

二、职业院校开展创新教育的意义

职业院校大力推进创新教育既是全面实施"技能＋创新"双轮驱动战略的需要，更是全面构建创新型社会，深入贯彻落实《国家中长期教育改革与发展规划纲要（2010—2020）》的历史要求。

领导理念	师资建设	学生基础	活动平台	管理机制
把职业学校的学生培养成为相应文化素养的人、有专业技能的人、有创新能力的人	建设一支具有教学经验丰富、专业技能扎实、创新水平一流的结构合理的"三师"团队	组建一支专业搭配合理、团结协作、兴趣广泛、有一技之长的学生创新发明团队	成立创新教育名师工作室、学生科技活动中心、发明协会、发明创业网站、发明论坛等	制订创新发明工作制度、年度计划、考评机制、激励机制、师生培养计划等

图1-1　创新文化建设重点工作

1. 职业院校开展创新教育是大力推进素质教育、振兴民族经济的要求

人类步入21世纪即跨入了知识经济时代。这种经济是以不断创新的知识为主导发展起来的，它依靠新的发现、发明、研究和创新。这种知识密集型和智慧型的经济，其核心价值在于创新。它强调劳动者创新素质是经济发展的主要增长要素，认为创新发明、设计以及创造性理念、理论学说等以创造智慧为要素特征，能够带来经济和社会的可持续发展。可以说，没有创新，知识经济主体便失去了竞争力和生命力。

从宏观角度来看，在知识经济时代，创新决定着一个国家和民族的综合实力和竞争力。江泽民同志曾在全国教育工作会议上指出，面对世界科技飞速发展的挑战，我们必须把增强创新能力提到关系中华民族兴衰存亡的高度来认识，大力提高知识创新和技术创新的能力，这是全面推进我国现代化事业的必然选择，也是中华民族自立于世界民族之林的根本保证。中华民族曾经在世界历史上创造过灿烂的文明，尤其是中国古代的四大发明，有力地显示了中华民族优秀的智慧和卓越的创新才能。但是，到了近现代以后，中国的创新能力却明显地逊色于其他一些国家，以当今世界科学界的最高奖项诺贝尔奖为例，其在很大程度上体现了一个国家和民族的科学实力和创新实力。从诺贝尔奖的设立到当今已经进行了96次评选，然而在这96次1000余人的获奖名单中，占世界人口五分之一的泱泱大国——中国籍公民却没有一人获奖。与此形成鲜明对比的是，杨振宁、李政道、丁肇中、李远哲、朱棣文、崔琦6位美籍华人却在别国的土地上获此殊荣。为什么聪明的中国人只有在外国的环境中才显示出他们更高的创新才能？这是一个值得认真探讨和深思的问题。但有一点可以肯定，我国在创新培养体制中存在着严重的问题，我们还缺乏适合创新人才培养的土壤，还没有形成系统有效的创新人才培养机制。

当然，创新对一个国家和发展的意义不仅仅在于获得诺贝尔奖，其真正意义在于对促进经济的发展和国力的增强有着决定性的影响。因此，目前许多国家都把建立国家创新体系作为政府的重要战略任务，如一直以"模仿"为主的日本，经过大力调整教育和科研政策及体制，告别了"模仿时代"，大力推进"科技创新立国"。近几年，日本对科研创新投入的经费呈明显上升趋势。"加拿大的明天"对策研究会也曾提出呼吁，为确保在"新工业革命"中取得主动，必须改变教育制度，培养"富有创新的一代人"。世界上其他发达国家，如美国、英国、德国等，都十分重视创新，把培养创新人才作为一项重要的人才发展战略目标。

以上这些国家在培养创新人才方面所作出的提议与举措应对我国有所启迪。我国由于多方面原因，如投入不足、创新体制和运行机制不尽合理等因素，使创新能力与国家需要以及国际先进水平相差很大。因此，只有建立起符合社会主义市场经济的国家创新体系，全面提高民族的创新能力，才能提高我国在国际竞争和世界格局中的地位。

2. 职业院校开展创新教育是实现教育转型的需要

传统教育体制，培养目标单一、课程结构单一、教学渠道单一；重知识而轻能力、重科技而轻人文、重管理而轻经营；高分低能、低分低能、高分低效的现象非常突出。原有的教育体制已明显制约了学生创新才能的培养，距建设现代化强国的目标相差甚远。现代社会的发展、科学技术的进步，都要求教育的职能从继承为主转向创新为主；从传授知识为主转向开发创造力为主；从训练标准化的个性为主转向培养多样化的个性为主。

针对传统教育存在的"三个单一"、"三重三轻"和"三低"的弊端，通过创新教育，可全面实现"三个转向"。

高速发展促进了"三大转移"，即现代科学技术的高度发展，使人类的生产活动从原来的体力密集型向现在的知识密集型转移；由现在的知识密集型向未来的智力密集型转移，从高度的集中向更高层次上的分散转移。

3. 职业院校开展创新教育是培养高技能型人才的要求

中国有句成语叫"熟能生巧"，这个"生巧"的过程就是对原有产品、设备、工艺大胆实践，勇于创新的过程。这个"生巧"的结果就是发明，就是革新。高技能型人才的典型代表——高凤林的"巧"终于攻克了运载火箭大喷管焊接的难关，为我国长征系列火箭运载作出了杰出贡献；李斌的"巧"拿下了160多项专利和技改项目，使我国的机械加工刀具国产化率大大提高，并同时成就了我国唯一一个工人教授。因此，职业教育的核心价值在于既要培养学生的综合人文素质，又要培养学生包含专业技能和创新能力在内的综合职业能力。

此外，职业院校开展创新教育，还有利于提升职业院校专业建设水平，推进产学研结合，促进校企深度合作；有利于拓宽德育工作的途径，增强学生服务社会、贡献才智的积极性和创造性；有利于职业院校创新文化的形成，使得创新成为我国职业教育加快发展的内驱动力和人才培养的核心要素。因此，开展创新教育是职业院校应有之义和工作定位，是全面落实职业教育培养目标的重要方面，同时也是职业院校扩大影响，提高吸引力，最终实现可持续发展的要求。

三、职业院校开展创新教育的目标和内容

职业院校开展创新教育，用创新教育引领专业教育，实行专业和创新相结合的双轨教育。将创新文化建设、创新技法学习、专利申请和科技创业"三步走"创新教育模式，纳入职业教育的各个阶段，即：创新文化教育与专业文化教育同步，创新技法教育提升专业技能，专利转化教育为科技创业和高质态就业做好技术准备。"三步走"为构建创新型社会，培养、输送了一批批具有创新意识、创新能力和创新成果的创新型高技能人才，这也是职业院校开展创新教育的目标。

1. 创新文化教育

创新文化教育的培养目标在于：弘扬创新文化，培养创新精神，增强创新意识；通过开展形式多样、丰富多彩的创新活动，拓展学生的创新思维。

创新文化教育的教学任务在于：知晓创新文化的内涵及基本原理；了解创新活动的意义和方式；培养学生的创新人格；重点进行扩散与收敛思维、质疑思维、逆向思维、联想思维、组合思维等创新思维训练。

2. 创新技法教育

创新技法教育的培养目标在于：掌握创新发明的基本流程，能够结合专业知识正确选题，学会专利查新方法，重点训练创新基本技法及其应用，要求每人至少产生一项发明。

创新技法教育的教学任务在于：掌握创新流程、能够正确选题、掌握查新基本方法；重点训练：练习组合法、批判法、变性法、逆归法、专利法等创新技法。

3. 专利转化

专利转化教育的培养目标在于：掌握专利基本知识，熟悉专利申请流程，学会撰写专利报告，掌握至少两种专利转化的平台及应用。

专利转化教育的教学任务在于：掌握专利基础知识；知晓专利申请的基本过程；能够独立撰写专利申请报告；熟悉专利保护的基本知识；掌握专利转化的基本过程，并具备一定的科技创业能力。

四、职业院校开展创新教育的条件

1. 职业教育创新文化建设的条件——"天时"

从当今的国际经济形势看，知识已成为经济发展的推动力，21世纪将是以"知识经济"主导的世纪。而以知识为基础发展经济，就必须依靠知识创新支撑经济的发展。因此，创新是知识经济的内生动力。"创新"成为进入21世纪国际经济竞技场的"入场券"，谁能抢占创新的制高点，谁就是21世纪的主角。对中国来说，"创新"既是机遇又是挑战，面对这种机遇和挑战，江泽民同志曾指出：迎接未来科学技术的挑战，最重要的是要坚持创新，勇于创新。创新是一个民族进步的灵魂，是一个国家兴旺发达的不竭动力。

胡锦涛同志在全国科技大会上的讲话中指示:在建设创新型国家的过程中,中国人民既是自主创新的主体,也是自主创新成果的享有者和受惠者。建设创新型国家,就要改革一切阻滞自主创新的不合理规定和体制,形成勇于自主创新的社会氛围,建立和完善鼓励自主创新的机制和制度。近年来国家相继出台了一些鼓励创新思维、奖励创新成果、保护发明专利、促进专利转化的政策,极大地鼓舞和促进了创新氛围的养成和创新市场的培育——这是"天时"。

2. 职业教育创新文化建设的条件——"地利"

培养具有综合职业能力的技能型专门人才,是职业教育的努力方向和目标。给学生提供学习与实训的真实职业情境,是实现这一目标的关键举措。作为中等职业教育主体的中等职业学校,在当前有利的职业教育形势下,纷纷加强专业建设,完善专业实训基地,改善学校专业教学条件,提高专业教育教学质量,为培养创新型人才提供了强大的物质保障。

目前,职业院校已经普遍建立"职业教育面向行业实际、面向岗位要求开展人才培养"的办学思想;也广泛采用"改变传统的教学方法,加强实践教学,按照项目或任务为引领"的新教学模式。这些主导思想都为培养学生具有一线生产实践能力打下了坚实的基础。职业院校教育始终把培养学生实践动手能力作为学校培养人才的目标,而在培养学生实践动手能力的基础上,加强学生在实践中的创新精神更是职业教育的终极目标。

现今,全国各地的职业院校均已具有一定的实习场所和实训基地。如计算机网络实验室、数据通信实验室、单片机实验室、CAD设计室、UG模具开发环境及各种数控机床、加工中心等省、市级实训基地,先进的配套设施为创新技术的产品研发、科技转换提供了得天独厚的条件。实训基地的建设,是置于教学改革的背景下,与师资队伍的知识更新、技能提高同步进行的;不仅设计好了实训生产服务项目,而且设计好了实训过程,建设好了实训环境,将学习过程参照工作过程的需要进行设计,突出针对典型产品制造和典型工作过程中关键环节的训练;实训装备均具有一定的先进性,建成兼有理论教学、小组讨论、实验验证和实际操作的一体化专业教室,有更多地还原生产服务的真实环境,但又不是生产车间的"搬家",而是源于生产,高于生产,打造教育、教学和生产实践的完整链条。

实训基地的建设,能够充分体现真实职业工作环境,便于现场教学,又可以将学习与工作、课堂与车间、理论与实践很好地结合起来,同时按市场运作,有很好的市场跟踪性,具有可持续发展的优势。实训基地和实习场所的建设已成为培养学生在实践中寻求创新建设的一个重要途径和培养创新人才的摇篮。

此外,"工学结合、校企合作"办学模式下相继建成的校外实习基地使学生在顶岗实习的过程中,有机会接触到相关的生产设备和生产工艺,并有可能参与企业的技术革新和项目开发,这些都为激发、锻炼学生的创造性提供了广阔的舞台。

总而言之，职业院校相继建成的国家级、省级示范实训基地和重点专业为职业教育创新提供了物质保障——这是"地利"。

3. 职业教育创新文化建设的条件——"人和"

落后的装备不可能培养出具有创新能力水平的技术人才。但是如果有了先进的设备，没有高素质的教师队伍，更不可能培养出具有创新能力水平的技术人才。

发展职业教育，是推动经济发展、促进就业、改善民生、解决"三农"问题的重要途径，是缓解劳动供求结构矛盾的关键环节，迫切需要提高教师队伍的整体素质。国家教育部近年来一直努力健全和完善教师管理制度和补充机制，全面建立教师企业实践国家制度，加大经费投入力度，加强"双师型"教师培养培训基地建设，广泛开展教师培养培训活动，积极面向企业聘请专兼职教师，努力造就一支数量足够、素质优良、结构合理、专兼结合的"双师型"职教师资队伍，为推动职业教育科学发展提供强有力的人才支撑。

创新教育在对教师素质的要求上，不再满足于"传道、授业、解惑"的传统功能和作用，而要求教师能在对学生实施创新教育的过程中起引导和示范作用，即教育者能以自身的创新意识、思维以及能力等因素去感染、带动受教育者的创新能力的形成和发展。教师素质提高计划是"十一五"期间党中央国务院加强中等职业教育师资队伍建设的重大举措。几年来，在各级教育和财政等有关部门、职教师资培训基地、行业企业、中等职业学校的共同努力下，计划的实施取得了丰硕的成果，为新时期职业教育改革强化内涵、提高质量奠定了良好的基础。举办教师素质提高计划成果展，既是对计划各项成果的全面展示，也是在新起点上总结经验、谋划发展的一次动员。

据了解，2006年12月，教育部、财政部启动"中等职业学校教师素质提高计划"后，中央财政"十一五"期间投入5亿元加强职教师资队伍建设。几年来，教师队伍素质明显改善，与2006年相比，全国中等职业学校"双师型"教师增加了30%，教师专业技能水平和实践教学能力进一步增强；教师培训资源建设取得突破，专门化、规范化、科学化的教师培训课程和教材体系基本形成；职业院校用人机制得到优化，中央财政和云南等18个省、区、市的省级财政投入近2.6亿余元，资助中等职业学校聘请兼职教师2.7万余人次，与2006年相比，全国中等职业学校兼职教师比例提高了12%。

职业院校中各专业各专长的学生和双师型老师队伍为职业教育创新文化建设提供了强有力的支撑——这是"人和"。

因此，集聚"天时、地利、人和"，在当今的时代；可以为职业教育的不断创新营造出大有作为的时代与契机。尤其是在各地产业政策、科学技术、社会经济、文化教育蓬勃发展的今天，职业教育的创新文化建设可以说是文章天成。

职业院校创新发明与实践

8

五、创新教育的组织实施

随着我国产业结构的调整，职业院校的学生在知识结构、能力结构、心理素质等方面不能与社会需求相适应的情况日益严重，学生在就业方面依赖性强，自卑心理严重，缺乏创新精神，创新意识差，创业能力低。为此，亟须探索职业院校实施创新教育的模式。

知识经济需要大量创新型人才。面对新的形势，职业教育肩负着将简单劳动力训练成为具备一定技能的专门劳动力，将经验手艺型劳动力转化为知识智能型劳动力的重任，成为把科技知识转化为生产力的重要桥梁。为此，加强对职业院校学生创新能力的培养，强调未来职业变化的应变能力，就显得尤为迫切了。

实践证明：创新教育的组织实施主要是课堂教学、科技辅导、社会实践、远程协助等。课堂教学搭建管理平台，推行三级教育等，即一年级开设创意教育课，二年级开设创造教育课，三年级开设专利教育课。科技辅导可在学校科技活动中心或科研产业处的领导下组建学生创新社团或发明协会，开展各种讨论、交流、观摩、讲座活动。社会实践可利用社会调研、毕业设计、科研课题的机会深入企业和工人座谈或直接参与岗位实践。远程协助可通过网络与科研机构、高等院校等建立咨询平台；关注各级竞赛、科研论坛、科技博览会、展品展示会获取创新灵感。

1. 课堂教学是实施创新教育的主阵地

众所周知，课堂是教育的主阵地，创新教育尽管强调社会实践，然而这一实践的前提仍无法脱离课堂上创新能力的指导与培养。因此，职业院校学生创新能力培养的主渠道仍然在课堂，即教师在课堂上的创新教学。教师能否实施创新教学是创新教育理念能否贯穿于素质教育和推动教育改革的关键，创新教学是创新教育的核心体现。

创新原本是人的基本特性，但主动积极的创新意识、创新精神和创新能力更主要靠后天培养，靠创新教育。传统应试教育的教学方法严重阻碍学生主观能动性以及思维的发展，使知识的迁移能力大为降低，更谈不上创新思维和创新能力的发展。

要培养和造就适应未来需要的创新人才，必须有适应这种人才健康成长的条件和良好的环境，而教师的教学是否符合创新的要求是最为关键的因素。因为只有教师真正确立了以创新为核心的教育思想，突破旧的教育模式，构建以培养人的创新精神和创新能力为根本目标的教育方法，才有可能为培养具有创新精神和能力的社会主义新人提供可能。创新教学便是以培养学生发现问题、分析问题、解决问题的能力为目标，训练学生的创新思维，挖掘学生的创新潜能，开发学生的创新精神和能力的一种教学方法。其核心思想就在于激发学生的创新精神，使他们学会面向未来的新的方法、新的技能、新的态度、新的价值观，对未来问题和创造自己所期望的未来做好准备。

创新教学是素质教育的核心体现。它要求教学不再将知识的学习作为教学的目的，而是把知识的学习作为认识事物本质、训练思维的能力，掌握科学方法的手段，让学生在"发现"知识的过程中不是简单地获得结果，而是强调创造性解决问题的方法和形成探究的精神。

职业教育要加强创新能力的培养，必须革新教学方式，在课堂上更多地采用启发式、直观性教学和一体化教学方式，并加强现代化教学手段的运用。改革现有的课堂教学模式，探索以学生为主体的创新型教学模式是成功实施创新教育的关键。

（1）探究型教学模式：探究型课堂教学模式是突出学生的主体地位，充分调动学生学习积极性、主动性及创造性的一种教学模式。

（2）成功激励型教学模式：成功教育可以让学生尝试成功的喜悦，体验成功，为成为创新型人才奠定基础。

（3）项目任务教学法：项目任务教学法将探究教学、任务驱动教学、案例教学有机结合起来，将创新教育活动融入教学过程，使学生在完成任务、获得知识的同时，能体会到创新的技巧、过程的艰辛和成功的喜悦。

营造宽松活泼的教学气氛，鼓励学生发表不同的看法，使他们认识到，接受职业教育，并不是简单地掌握那些用既定方式重复了许多次的操作，而是要他们去探索新的方法，找出新的程序，从而促进学生的积极进取、自由探索、有所创新和发展。

2. 积极探索创新途径，着力培养创新品质

面对创新教育的教育，教师在教育的主阵地课堂上的教学应努力顺应素质教育要求，对传统教育采取扬弃式的创新教学。要实现创新教学模式，现代教师的教学应力求与传统教学进行有机整合，就当前教育转型期而言，名副其实的教师创新教学活动应着力做好以下四种组合。

（1）注重情意与认知间的组合，造就创新意识。

意识支配着行动，只有在强烈的创新意识引导下，人们才可能产生强烈的创新动机，树立创新目标，充分发挥创新潜力和聪明才智，释放学习和创新激情。为此，在创新教学中情意目标应和认知目标视作同等重要，教师要善于将两者有机组合，使学生在认知冲突中充分感受到教学民主和师生平等，从而在实现师生知识同步、思维共振、情感共鸣的充满生命活力与和谐气氛的氛围中，形成最佳创新环境和最大可能地激发并生成创新意识。

（2）注重求同与存异间的组合，造就创新思维。

创新思维是整个创新活动的智能结构的关键，这种可贵的思维品质具有五个明显特征，即积极的求异性、敏锐的观察力、创造性的想象、独特的知识结构以及活跃的灵感。创新思维能保证学生顺利解决"新"的问题，能深刻地、高水平地掌握知识，并能把这些知识广泛迁移到学习新知识的过程中。为此，教师在立足教学常规，对学生进行认识事物发展规律的求同教育的同时，还应大力鼓励学生逆向思维，允许学生标新立异、大胆质疑，要善于激发和保护学生丰富的想象，因为学生只有在自由、广阔的想象时空里，思维才会更活跃，创新也才有可能。

（3）注重自主与引导间的组合，造就创新技能。

学生在课堂上的创新技能主要体现在是否具备学习的能力，这种能力表现为强烈的自我意识、自我体验、自我评价、自我控制等心理行为成分，其中突出标志是创新能力的产生、形成与发展。在创新教学中，教师一定要彻底转换角色和方法，化主导灌输为引导发现，并能积极根据学生的心理特点、认知水平和学习规律，努力为学生营造自主学习的氛围和优化自主学习的过程，从而促使学生真正早日成为学习的主人，且使其在有效的自主学习中练就创新技能，提升认知质量。

（4）注重合作与竞争间的组合，造就创新个性。

个性在创新能力的形成和创新活动中有着重要的作用。个性特点的差异在很大程度上也决定着创新成就的差异，且良好的个性也正是学生形成和发挥创新能力的丰富底蕴。创新个性一般来说包括勇敢、富有幽默感、独立性强、有恒心以及一丝不苟等良好的人格特征。学生的学习、生活都充满了竞争，未来社会的竞争会更趋激烈，学生要适应竞争和更好地参与竞争，必须要有良好的个性作基础，而学生极具可塑性的个性又无时不受到群体的影响。因此，教师在创新教学中必须有意识地培养学生的合作精神，要多为学生创设合作竞争的机会，这样，不仅能促进师生尽快顺利完成教学目标，而且能让学生在合作中学会共处，学会生活，从而互补个性优势，进一步提高竞争实力，成就独特创新个性。

总之，实施创新教育是当今时代的主旋律，是素质教育得以向纵深推进的必然选择。面对未来挑战，为造就一代创新英才，相信教育界的每一个有识之士都能不辱使命，自觉研究创新，实践创新。

3. 技能训练是学生形成创新技能的重要途径

在技能训练过程中，要着重解决以下几方面问题：一是要解决好理论与实践相脱节的情况，着力推广理论实践一体化教学模式；二是要提高技能训练效果和质量，提高学生技能训练的积极性和主动性；三是要缩短技能训练与企业实际产品加工之间的差距，倡导产教结合，引导技能创新。

（1）教育教学实践活动和创新教育结合

结合学校开展的各类学生活动，将创新教育的要求与教育实践活动相结合。目前，职业教育的大多数专业设置偏窄，专业课和实习教学方法简单，只重视专业知识传授，忽视能力培养和综合素质提高，所培养的人才大多缺乏创新意识，难以激发学生的学习热情和促进学生个性的发展，不利于学生在未来职业生涯中适应能力和创新能力的培养。针对这种情况，学校可以设计专门的创新教育活动，如参观，访问，邀请成功创新者作报告，介绍创新实践等，使学生在潜移默化中融入创新教育的氛围当中，使他们想创新、爱创新、敢创新。

（2）创新教育和校园文化建设结合

可以通过在校园内布置创新精神的名言名句，张贴成功创新者的成就榜和风采照片等形式，使学生受到潜移默化的影响。

学校要搭起舞台，提供必要的场地和物质保障，开展一系列的创新活动竞赛，以适当的物质奖励和精神奖励激励学生积极参与创新活动的开展。

在学校开展"三创实验班"冠名活动，活动按照"创新有专利，创优有品牌，创业有实体"的原则，集中各专业名教师、党员教师，在学校技术创新办公室的指导下，开展各项辅导、竞赛活动。每班每年按照争创"三个一等奖项、研发两个专利项目、建设一个服务平台"的总的奋斗目标组织开展各项工作，培育一批具有创优品质、创新意识、创业能力的新型职业院校毕业生。

（3）重视创新实践活动，培养综合创新能力

创新品质和创新能力的培养重在实践，学生在创新实践中可以磨炼意志，培养创新能力，得到创新技能的训练。

增强创新意识，提高创新能力，应成为职业教育的一种基本指向。只有这样，职业教育才能为迎接知识经济的挑战，为加快国家经济现代化进程提供合格的人力资源和智力支持。

改革评价机制，推行创新导向。以就业为导向，以能力为本位，以行动为载体，以任务为驱动，进行项目化教学是职业教育课程改革的方向。许多职业院校在推行项目化教学的同时，积极改革学分课程评价体系，即项目学分＝综合技能学分＋创新评价学分。学生的综合评价体系也一改过去单一的学历评价，变为"毕业有学历，上岗有技能，创新有专利"的三证结合多元评价。在全国创新教育工作研讨会上，个别学校所倡导的三证毕业制度受到相关教育部门领导的充分肯定和兄弟学校及用人单位的高度评价，并拟在大多数职业院校率先推行"学历毕业证、职业资格证和创新能力证"三证毕业、就业制度。

实践表明，创新意识越强烈，学生追求创新的动力越充足。创新意识一旦转化为自觉的行动，学生会积极改变自己，以增强对不断变化的环境的应变能力，从而赶超他人，在技术上精益求精，在知识技能上不断求变创新。树立创新意识，形成开拓进取的风气，才有可能真正把科教兴国的战略落到实处。营造一个人人说创新，时时想创新，无处不创新的校园文化氛围，对职业院校学生创新能力的培养是大有裨益的。

创新教育是一种不同于传统教育的新型教育，它既不以知识积累的数量为目标，也不以知识继承的程度为目标。与传统教育相比，创新教育同样强调合理的知识结构以及获取知识的方式，同样强调培养学生的各种能力，但更强调学生创造能力的培养。创新教育的主要目标不是像传统教育那样去培养同一规格的人才，而是要全力以赴地开发学生的创造力，矢志不渝地培养创造型、复合型、通才型的新型人才。

创新之路远兮，吾将上下而求索。这个求索的过程就是职业教育践行科学发展观，善于观察、敏于思考、勤于实践、大胆创新的过程。

我们相信，创新必将开创职业教育新天地，书写职业教育新篇章；创新必将

职业院校创新发明与实践

引领"中国制造"走向"中国创造"，驾驭中国之"心"走得更远，飞得更高；创新使我们无愧于伟大的祖国，无愧于有着四大发明的伟大民族。

第二节　职业院校创新文化建设的平台和措施

一、职业院校开展创新教育的平台

"舞台有多大，世界就有多大。"职业院校开展创新教育必须搭建可供活动、交流、教育的平台。实践证明，基于职业院校现有条件有选择地设立"创新教育名师工作室（或技术创新办公室）"、"发明协会（或学生科技活动中心）"、"创新与创业校园网"、"发明之家校刊"和"创新科技公司"等类似名称和职能的工作平台（简称"五个一"工程）是职业院校成功实践创新文化教育的关键。

1.成立以教师为主导的"创新教育名师工作室"

下面以"江苏省靖江中等专业学校创新教育名师工作室"为典型案例，分析其具体工作内容和要求，可作为其他职业院校成立"创新教育名师工作室"的参考。

1）目标定位

"江苏省靖江中等专业学校创新教育名师工作室"的总体目标是：以科学发展观为指导，以提升创新教育质量，促进创新型人才孵化为目的。工作定位是：全面推进职业学校"专业有创新、创新有专利、专利有转化"的创新型校园文化建设，为社会培养一大批具有创新意识、创新能力和创新方法的，知识型、技能型和创新型的复合型人才。

2）教师培养

（1）明确对拟招聘工作室成员的要求和期望。

① 基本条件：具有大学毕业、中级及以上职称，坚持社会主义发展方向，坚持党的领导，坚持三个代表，坚持科学发展观，热爱教育事业，热爱创新发明。

② 工作经验要求：具有一定的专业实践能力和科技辅导工作经历，并在市级以上的创新发明活动或大赛中担任辅导工作，获三等奖以上奖励。或者担任学校科技辅导老师三年以上，不满三年的可申请作为名师工作室储备人才。

③ 创新和科研能力要求：能够在名师工作室领导下组织开展各项创新工作和课外辅导活动，能够积极开展创新教育课题研究，能够将创新文化教育和现代教育技术融入教学实践中。

（2）制定工作室成员专业成长和专业发展的目标。通过每三年为一周期有计划的培养，有效推动名师工作室成员的专业成长，努力实现培养周期内的"六个一"工程的总体目标，即：申请一项专利、发表一篇论文、参与一个课题、辅导一块金牌、建设一支团队、带动一所乡小。具体要求如下。

13

① 工作室成员在创新教育方面要成为本校、本地区的教学能手或学科带头人，建设一支能创新、有影响、贡献大的教育团队。

② 工作室成员必须努力学习创新发明理论知识和专业技能，并用来指导创新教育实践活动，辅导学生积极参与企业的技术改造和发明创新活动。积极申请专利；大力推行科技转化；辅导学生参加市级以上大赛并获二等奖以上奖励。

③ 工作室成员积极参与工作室确定的创新教育课题研究，逐渐形成独立开展课题研究的科研能力，每三年至少参与一次市级以上课题研究。

④ 工作室成员在创新教育实践中不断提升自己的理论水平，每年至少撰写一篇有价值、有水平的创新教育科研论文。

⑤ 工作室成员积极参加本校、本地区的创新教育科研活动（包括发明协会集体活动、泰州市创新教育中心教研组活动、优课示范活动、送科技创新下乡辅导活动等），有效发挥名师的引领作用、示范作用和辐射作用。

（3）制定工作室成员专业成长和专业发展的主要措施。

① 制订规划。工作室结合成员的自我发展计划，为成员制订专业发展的三年规划，促使每位成员尽快提高创新教育和科研能力，推动成员的专业成长。

② 继续教育。工作室成员要积极参与或开设各级各类创新教育活动和专家讲座，做好读书笔记并定期在工作室网络平台发表读后感言，交流心得体会，以同伴互助的方式实现成员的共同成长。

③ 专题研究。工作室成员要积极参加工作室确定的科研课题，做好课题的计划与研究过程的记录、整理、反思、总结、交流等。领衔人深入到工作室成员的课堂教学中，定期听工作室成员的随堂课，并针对课堂教学中的问题进行深入研讨与纠正；定期跟踪课题实施进度，检查阶段性成果，汇编成员的课题研究成果。

④ 参加活动。领衔人带领成员参加各级创新教研活动和各级各类创新大赛、发明大赛、发明沙龙等活动，充分发挥名师的示范作用。经常深入偏远乡村小学辅导创新教育活动，将创新发明精神传播给下一代，随时播种，随时开花。

⑤ 撰写博客。在名师工作室网站上开通个人博客，每周发布不少于1篇的个人博客文章，交流自己在创新教育、创新辅导、科技攻关、技术改造、专利申请、生产力转化等方面的心得体会。

3）创新研究

（1）创新教育研究的主要方向。通过创新教育研究活动，带领全市更多教师参加创新教育的研究和实践，在教育教学和发明创新的实践活动中进行分析研究，根据各阶段的实验分析，及时调整实验方法，不断充实实验内容，总结出具有推广价值的理论经验，努力形成在新时期能够有效促进本市广泛开展发明创新活动和促进学生创新能力、实践能力、创业能力显著提高的发明创新教育新模式，探索、完善发明创新教育的理论体系。具体来讲有以下"四服务"原则。

① 服务教学。将创新教育纳入职业学校基础教育，在全市职业学校中积极推行和倡导。一般分为创新文化和创新思维教育阶段、科技创新和发明教育阶段、

专利转化与创业教育阶段三个依次递进的阶段。

②服务学生。组织、辅导学生技术创新；积极参加各级各类创新、发明竞赛活动；对于符合条件的创新作品，指导申请专利。

③服务老师。组织教师积极开展教育创新活动。按照三年培养100名创新教育科技辅导老师的计划，开展以专题培训、专家讲座、远程辅导、文化沙龙、优课示教等形式的蓝青工程。

④服务社会。为企事业单位产品设计、工艺革新及自控优化提供技术支持；为技术创新成果产品化、产业化搭建交流平台。

（2）创新教育研究的意义。探索、完善在职业院校中开展创新教育的理论体系、课程体系，探索提高职业院校学生创新意识、创新能力和实践能力的有效方法，促进职业院校学生综合素质的全面提高，使学生的创新意识、创新能力、实践能力、创业能力能够快速适应工作岗位的新要求，并能够不断适应社会发展的新变化。

（3）主要研究内容：①职业院校创新教育的现状及对策；②探索完善职业院校创新教育的理论体系；③新时期职业院校创新教育教学模式的研究；④提高职业院校学生创新能力、实践能力、创业能力的研究；⑤职业院校的创新文化和建立学校创新教育激励机制的研究；⑥职业院校创新教育目标确立、平台搭建、活动模式、科技促进、校企合作等内容的研究；⑦职业院校创新教育师资队伍建设和培养途径研究；⑧推动我市乡村小学开展创新教育的模式研究。

（4）主要研究方法如下。

①行动研究法。以课题研究的阶段性内容为单位进行总结评比，不断积累经验，进行个案反思分析，不断形成观念，指导教学实践。同时，在改革中坚持行动中研究、研究中实践，边学习、边实践、边研究、边提高的原则，努力探索职业院校创新教育教学有效性的新策略。

②微格教学法。所谓微格教学法是指在有限的时间和空间内，利用现代的录音、录像等设备，帮助被培训者训练某一技能技巧的教学方法。它是一个可控制的实践系统，利用这个系统可使课题参与者集中解决某一特定的教学行为，或在有控制的条件下进行学习。它是建筑在教育理论、视听理论和技术的基础上，系统训练教师教学技能的一种较为先进的教学方法。

③文献法。思想、理念、内容研究主要采取文献资料和个案进行比较与归纳的方法，查阅与本研究课题有关的国内外文献资料，并进行充分检索、分析和利用。

④调查法。有目的、有计划、有步骤地对有关人员进行问卷调查，召开相关人员的座谈会和个别访问，与专家、学者零距离地访谈，接受面对面的指导，广泛听取意见，为研究与实践提供科学依据或参考意见，进行强有力的调控。

⑤实验法。随机抽样选定实验班和对照班，进行实验前期测试，提取可比样本。实验过程中进行数据积累，实验后运用统计学进行数据处理，进行实验前后对比。

（5）创新教育研究成果如下。

①名师工作室周期建设成果报告一份；②创新教育示范课每年一次；③周期内共同开发职业创新教育精品校本教材一部；④各成员发表创新教育专题论文一篇；⑤各成员成功申请专利一份；⑥各成员参与或主持市级以上课题一项并结题；⑦各成员辅导创新大赛获校级一等奖三个、市级两个、省级一个；获国家级二等奖（银奖）一个；⑧各成员积极参与企业技术攻关和工艺改造，每年完成技改项目一个；⑨各成员辅导乡村小学一所并初步建成创新示范小学；⑩完善创新教育名师工作室教育教学资源库。

4）保障条件

保障条件主要包括文件法规（如国家和地方出台的一系列保障和推动创新教育的政策性保障文件等）、外部条件、智力支持和经费保障等条件。

5）成员分工

创新教育名师工作室通常可以设领衔人1名，工作室成员5~8名。注意专业和年龄结构、性别比例的搭配。

6）规章制度

制定一系列如会议制度、学习制度、工作制度、考核制度、档案管理制度、经费使用制度等规章制度，保障创新教育名师工作室的计划可靠落实。具体要求如下。

（1）会议制度。①每学期召开一次工作室计划会议，讨论本学期工作室计划，确定工作室成员的阶段工作目标，"六个一"工程分工、检查、督导和考核情况。②每学期召开一次"工作室"总结会议，安排本学期需展示的成果内容及形式，分享成功的经验，探讨存在的问题。③根据工作室计划，每学期至少安排两次阶段性工作情况汇报会议，督促检查课题的实施情况，解决实施过程中的难点。

（2）学习制度。①按时学习。工作室成员平时学习以自学为主，另就某一研究方向的主题每月定期集中学习一次，同时交流学习心得体会。②按需学习。工作室成员每期的自我发展计划中明确学习内容、学习目标，根据目前及今后创新教育改革趋势，在教育教学理论等方面有选择性地学习。

（3）工作制度。①名师工作室领衔人与工作室每个成员签订《名师工作室成员工作协议书》，在完成工作室研究项目和个人专业化成长方面制定周期发展目标，规定双方职责、权利及评价办法。②工作室领衔人为工作室成员制订具体进步计划，安排培训课程。③工作室成员必须参加工作室布置的带、教培训工作，完成工作室的学习、研究任务，并有相应的成果显现，努力实现培养计划所确定的目标。④工作室成员积极参加各级各类创新教育教学研讨活动。工作室定期建立"主题"研讨制度。由工作室负责人根据研究方向确定主题，定期集体研究一次，将研讨成果发布在工作室网站上。⑤工作室网站、工作室成员博客及电

职业院校创新发明与实践

子档案袋资料须及时更新，开通评论、留言等服务，公布个人电子邮箱，以取得更好的交流效果。⑥工作室通过网站发布工作室工作动态、工作室成员论文、专题研究课例设计、典型案例及评析、教育故事、活动图片等。

（4）考核制度。①工作室领衔人由名师工作室工作领导小组考核。②工作室成员的考核由其领衔人和领导小组负责，主要从思想品德、理论提高、管理能力、创新能力、教育能力、研究能力、科技转化等方面考察是否达到培养目标，考核不合格者则调整出名师工作室；同时按有关程序吸收符合条件、有发展潜力的新成员进入工作室。

（5）档案管理制度。①建立工作室档案管理制度，并由领衔人监管。②工作室成员的计划、总结、听课、评课记录、公开课、展示课、教案等材料应及时收集、归档、存档，为个人的成长和工作室的发展提供依据。

（6）经费使用制度。工作室所有经费由市教育局和工作室成员所在学校提供并监督管理。

2. 成立以学生为主导的"发明协会"

发明协会是发明者积极从事和热心支持发明与创新活动的单位和个人自愿组成的非营利性科技社团组织。职业学校的发明协会则是一个以学生为主导的学生组织。下面仍以江苏省靖江中等专业学校发明协会为典型案例分析这一群众性组织成立的意义、章程及活动开展情况。

（1）江苏省靖江中等专业学校发明协会成立的意义

创新是民族进步的灵魂，是社会发展的不竭动力。成立发明协会为的是繁荣职业院校的创新文化，提升创新品质，保护知识产权，促进专利转化，鼓励科技创业。

（2）江苏省靖江中等专业学校发明协会章程

发明协会章程通常包括总则、业务范围、会员、组织机构、终止程序和附则等主要内容。发明协会的组织机构从开展工作的角度出发，可设立：①由省市知识产权局或上级发明协会分管领导组织的顾问委员会；②会长和副会长可由学校校级领导担任；③理事会成员由可能与学生开展创新活动发生关系的学校中层职能科室负责人担任；④下设的科技处主要是由为学生科技辅导提供技术支持的专业教师组成；⑤下设的组织部、宣传部和创业部一般都由各班热心发明创造的学生担任。

实践证明，这类学生团体比之传统的学生会实际运作起来要高效、灵活、生动得多。

下文是"江苏省靖江中等专业学校发明协会章程"的主体内容，仅供其他职业学校发展成立该组织参考。

※※※※※※※※※※※※※※※※※※※※※※※※※※※※※※

江苏省靖江中等专业学校发明协会章程

第一章 总 则

第一条 本会的名称：**江苏省靖江中等专业学校发明协会**（Jiangsu Jingjiang secondary specialized school Association of Inventions, 缩写 JJSAI ）

第二条 本会的性质：是由积极从事发明创造和热心支持发明创造活动的领导、教师和学生自愿结成的全校性的非营利专业社会团体。本协会实行零会费制度。

第三条 本会的宗旨：宣传普及发明创造知识，组织创新教育活动，培养发明创造人才，维护发明者合法权益，促进发明成果转化，指导科技创业，为企事业单位技术革新提供技术支持。江苏省靖江中等专业学校发明协会在各项活动中，遵守我国宪法、法律和方针政策，发扬良好的社会道德风尚。

第四条 本会接受校长室江苏省靖江中等专业学校的业务指导和监督管理。学校技术创新办公室负责业务指导。

第五条 本会的住所：江苏省靖江中等专业学校8号楼西二楼。

第二章 业 务 范 围

第六条 本会的业务范围：

一、宣传党和国家鼓励发明创造的法律和方针、政策，宣传普及发明创造知识，吸引和动员师生积极投身于发明创造活动；

二、及时听取发明者的意见和建议，向学校相关部门反映他们的呼声和要求，维护他们的合法权益；

三、参加政府和教育部门举办的发明展览会，并通过网站、会刊、咨询等多种形式推介发明成果，使之转化为生产力，促进发明成果的推广应用；

四、组织发明者参加各级发明展览会，组织与相关的发明组织及相关机构开展合作与交流活动，促进我会优秀发明成果进入市场；

五、帮助发明人申请有关基金，组织发明者互助互济，运用协会有限资金支持少量市场前景好的非职务发明成果的转化；

六、开展多种形式的研讨会、专业讲座和培训，帮助发明人增强知识产权意识，学会运用知识产权战略，保护发明成果，提高自主创新能力和市场竞争力；

七、践行新的人才观，开展形式多样的评选表彰活动，表彰发明创造中涌现出的优秀发明者和优秀发明，为营造崇尚发明创造的社会氛围、激发师生发明创造的积极性、增强全社会的创造活力贡献力量；

八、发展与中国发明协会、江苏省发明协会、地方学术组织、兄弟学校发明组织之间的交流与合作，吸收、借鉴它们的先进经验，推动我会的发明创造活动。

第三章 会 员

第七条 本会的会员包括个人会员和团体会员。

第八条 申请加入本会的会员，必须具备下列条件：

（一）拥护本会的章程；

（二）有加入本会的意愿；

（三）在发明创造活动中有一定的影响；

（四）个人会员包括会员、理事、常务理事。

（五）团体会员应是发明创造活动开展得好，取得一定成绩的班集体。

第九条 会员入会的程序是：

（一）提交入会申请书；

（二）经本会常务理事会指定的组织机构审核，报本会法定代表人批准或业务指导部门负责人批准；

（三）由本会授权的机构发给会员证。

第十条 会员享有下列权利：

（一）本会的选举权、被选举权和表决权；

（二）有限参加本会组织的各种培训、讲座、交流和竞赛等活动，推荐参加上级发明协会；

（三）对本会工作的批评建议权和监督权；

（四）向本会提请保护其合法权益不受损害的权利；

（五）入会自愿、退会自由。

第十一条 会员履行下列义务：

（一）执行本会的决议；

（二）维护本会合法权益；

（三）向本会反映情况，提供有关资料；

（四）积极参加本会活动。

第十二条 会员退会应书面通知本会，并交回会员证。

第十三条 会员如有严重违反本章程的行为，经本会常务理事会表决通过，予以除名。

第四章 组织机构和负责人产生、罢免

第十四条 本会的最高权力机构是会员代表会议，会员代表会议的职权是：

（一）制定和修改章程；

（二）选举和罢免各部部长和干事；

（三）审议理事会的工作报告；

（四）决定终止事宜；

（五）决定其他重大事宜。

第十五条 全校会员代表会议须有2/3以上的会员代表出席方能召开，其决议须经到会会员代表半数以上表决通过方能生效。

第十六条　全校会员代表会议每届两年。因特殊情况需提前或延期换届的，须由理事会表决通过，报校长室或业务指导部门批准。但延期换届最长不超过1年。

第十七条　理事会是全校会员代表会议的执行机构，在会员代表会议闭会期间领导本会开展日常工作，对会员代表会议负责。

第十八条　理事会的职权是：

（一）执行会员代表会议的决议；

（二）选举和罢免理事长、副理事长、秘书长；

（三）筹备召开会员代表会议；

（四）向会员代表会议报告工作和财务状况；

（五）决定个人会员的吸收或除名；

（六）决定副秘书长、各机构主要负责人的聘任；

（七）领导本会各机构开展工作；

（八）制定内部管理制度；

（九）决定其他重大事项。

第十九条　理事会须有2/3以上理事出席方能召开，其决议须经到会理事2/3以上表决通过方能生效。

第二十条　理事会每年至少召开两次会议；情况特殊时，也可采用通信形式召开。

第二十一条　本会设立常务理事一名。常务理事由理事会选举产生，报校长室批准任命。在理事会闭会期间行使第十八条第一、三、五、六、七、八、九项的职权，对理事会负责。

第二十二条　理事会须有2/3以上理事出席方能召开，其决议须经到会理事2/3以上表决通过方能生效。

第二十三条　理事会至少半年召开一次会议；情况特殊时也可采用通信形式召开。

第二十四条　本会的理事长、副理事长、秘书长必须具备下列条件：

（一）坚持党的路线、方针、政策，政治素质好；

（二）在本会业务领域内有较大影响；

（三）理事长、秘书长最高任职年龄不超过60周岁，秘书长为专职；

（四）身体健康，能坚持正常工作；

（五）未受过剥夺政治权利的刑事处罚；

（六）具有完全民事行为能力。

第二十五条　本会理事长、秘书长如超过最高任职年龄的，须经理事会表决通过，经校长室批准同意后，方可任职。

第二十六条　本会理事长、秘书长任期3年。理事长、秘书长可以连任，但须经理事会2/3以上代表表决通过，校长室批准。

第二十七条　本会不设理事长，常务理事负责管理、协调理事会工作。

职业院校创新发明与实践

第二十八条 本会常务理事行使下列职权：

（一）召集和主持理事会；

（二）检查会员代表会议、决议的落实情况；

（三）代表本会签署有关重要文件。

第二十九条 本会秘书长行使下列职权：

（一）主持办事机构开展日常工作，组织实施年度工作计划；

（二）协调本会学生工作部各部开展工作；

（三）提名学生工作部各部主要负责人，交理事会或常务理事会决定；

......

第六章 终 止 程 序

第四十一条 本会完成宗旨或自行解散或由于分立、合并等原因需要注销的，由理事会提出终止动议。

第四十二条 本会终止动议须经会员代表会议表决通过，并报校长室审查同意。

......

第七章 附 则

第四十六条 本章程由协会秘书处拟定，经本届会员代表大会表决通过，并经校长室核准后方可生效，正式实施。

第四十七条 本章程的解释权属本会的理事会。

第四十八条 本章程自校长室核准之日起生效。

※ ※

3. 创建综合性技术交流平台"创新与创业网"

在信息技术高度发达的今天，网站已日益成为宣传和交流的主阵地。创建综合性技术交流平台"创新与创业网"自然成为创新型校园文化建设的主要内容。其主要板块分为创新板块和创业板块，如"即时新闻"、"我要发明"、"名师指导"和"科技创业"等栏目。

（1）"即时新闻"：及时报道校内外的各级各类创新发明活动、发明大赛、国内外最新发明成果、各级各类鼓励创新发明的科技奖励政策等。

（2）"我要发明"：通过征集来自学校各专业各层面的学生创新发明灵感，然后组织专题讨论和辅导，这将有助于"伯乐"及时发现更多的"千里马"，及时捕捉转瞬即逝的发明灵感，鼓励和刺激学生的创作情感。学生随时可以登录发明网填写自己的"发现"，老师也可随时关注学生的成长过程。

以下是某职业学校的技术创新申请表模板，供学习时参考。

※ ※

江苏省×××学校
技术创新项目申报表（范例）

选送班级：×××班　　　班主任签名：×××　　　辅导老师：×××

申报项目名称		垂直井下智能救援机器人		
申报组织或个人	项目负责人	×××	联系电话	139××××××××
	项目合作人	×××	联系电话	132××××××××
创新描述	需要性或实用性	生产生活中经常有孩童不慎落井的事故发生，常规的救援方法不仅救援效率低，而且给被救儿童和家长带来精神伤害，甚至在救援过程中发生意外。		
	创造性或新颖性	本项目的创新点在于： 1. 采用机器人下井，可以解决井口内径狭小，成人无法下井救援的问题； 2. 机器人前置摄像头和生命探测仪可以将井底实际情况及时传达救援队以便及时调整救援措施； 3. 机器人可以预防井底救援塌方或CO气体中毒。		
	可行性或现实性	本方案基于现代机器人技术、机械制造技术、信息技术和控制技术，完全具备研发和生产的技术保障和硬件条件。		
作品最终表现形式		在下列被选项前方框内打"√" ☑实物　□模型　□软件　□其他		
项目预计启动时间		××××年3月10日	项目预计完成时间	××年6月10日
项目预计投入资金		（×××）元人民币，　大写：××××		
项目预计工作量		（可由老师填）工作日，或折算成（可由老师填）课时		
创新办审核意见		签字： 盖章		
学校意见		签字：		
备注		附作品外观设计草图、工作原理草图、材料清单		

职业院校创新发明与实践

※ ※

（3）"名师指导"：根据学生申报作品的类别、性质、学科、工作量等，对其设计过程进行在线指导。学生作品创新作品设计、制作指导的基本过程如图1-2所示。

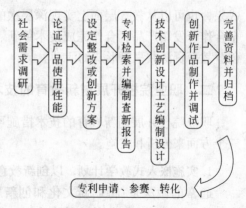

（4）"科技创业"：职业院校广义的创业教育应该包含专业和非专业的创业设计和实践的全过程。结合专业的创业教育是"工学结合、校企合作"教育模式的延伸，体现了职业能力和职业品质。非专业的创业教育其本质是一种基于"勤工俭学"教育模式的延伸，体现了生存能力和商业行为。

图1-2　创新作品指导流程

毫无疑问，科技创业应该是专业性质的，是职业生涯规划的一部分。因此，基于创新设计和产品革新的科技创业具有更大的市场规范性和挑战性，应该成为职业院校创业教育的主流。科技创业的实现方式和手段将会在本教材的最后一章进行详细介绍。老师在这里主要扮演"技术顾问"角色，科技创业的主体还应该是学生。

4. 创建用于特定范围和对象宣传的"发明之家校刊"

创办面向本校学生的"发明之家校刊"，毫无疑问是一项十分有意义和影响的工作。其具有网络、电视等媒体无可比拟的宣传优势，可以及时、客观、全面报道学校的创新活动及取得的成果，并具有强制宣传的效果。具体表现在以下几方面。

（1）可以有选择地投递到上级教育主管部门、科技局、知识产权局、发明协会及兄弟学校等单位，定向宣传本校在创新教育方面取得的成果和创新教育理念。

（2）可以被定期张贴在全校各班级的板报专栏，强制学生关注并参与创新教育活动。

（3）可以很方便地为外来单位提供参观、交流和座谈的写实性资料。

（4）可以为职业院校的各种评估、验收提供翔实的历史记录，作为特色办学最有力的佐证材料。

具体栏目内容和呈现形式可根据各职业学校的办学层次、专业特点和发展规模来确定。

5. 成立以科技转化为目标的"创新科技公司"

"依托专业办产业，办好产业为专业"一度成为很多职业院校争相效仿的发展模式。其中一个很关键的内容就是科技创新。没有科技创新的产业一定是没有生命力的产业，当然也一定不能很好地服务于发展专业这个大方向。成立类似"创新科技公司"之类名称的企业，既可以仅从技术层面上为企业提供创新科技成果，也可以从教育层面上实现深层次的更加紧密型的校企合作，积极开展如校企合作开发新产品、合作完成技术革新、专利转让、技术入股、自主科技创业、创业教育资源共享等形式的活动。

二、职业院校开展创新教育的技术措施

职业院校开展创新教育的技术措施可从"教学计划、教学手段、教学实践"三个方面来分析和实施。

1. 实施嵌入式教学计划，以创新教育引领专业教育

通常的做法是：将创新文化和创新思维教育嵌入一年级第一学期教学计划中；将创新理论和创新技法教育嵌入二年级第一学期教学计划中；将专利申请与科技创业教育嵌入二年级第二学期教学计划中。这样能较好地与择业、专业、就业、创业同步，以利于学生实现自己的职业生涯规划。

2. 运用"做中学"教学手段，以双向任务驱动课堂教学

美国著名教育家约翰·杜威认为："从做中学"充分体现了学与做的结合，也就是知与行的结合。无论在身体和心理上还是在智力和道德上，"从做中学"对学生的全面发展都具有重要的作用。从身体上来说，不仅促使学生的身体活动，而且也促使了学生的手和眼的协调；从心理上来说，它使学生提高了自制力和增强了自信心；从智力上来说，它使学生获得了知识和锻炼的能力；从道德上来说，使学生更好地了解社会和培养社会行为习惯以及应付新的环境。他的"从做中学"，实际上就是"从经验中学"，"从活动中学"。"从做中学"的内容具体包括三个方面：一是艺术活动，其中有绘画、泥塑、唱歌等；二是手工训练，其中有木工、金工、纺织、烹饪、缝纫、园艺等；三是要动手的科学研究。毫无疑问，劳动和实践是一切创新活动的活水源头，也是驱动创新教育从必然王国到自由王国跃迁的巨大能量。俗话说：鞋子不穿，不知道哪边硌脚。只有积极参与生产、生活实践，从做中学，才能真正感受和体验到"鞋子"什么地方需要修改、裁剪，怎样创新设计更舒适恰人——这个过程，其实也正是教育获得真知的过程。

3. 坚持"工学结合，校企合作"，以"三赛三改"孵化创新成果

"工学结合，校企合作"是职业教育教育模式改革的方向和目标，也是催生创新课题，解决实际问题的平台，能使创新教育"靠船下篙"，也能使创新成果"无缝对接"。

目前职业院校的三级创新发明大赛（市赛、省赛和国赛）和专业教育的三项改革（课程设计的改革、毕业设计的改革和顶岗实习的改革）仍是有效获取创新课题和孵化创新成果的有效手段。

1. 简述职业院校创新教育的目标和意义。

2. 如何构建职业院校创新教育体系？

3. 结合学校特点和专业特点，指导学生创建自己的科技活动中心，并制定相关的工作制度、学习内容、工作目标、成长规划等。

4. 怎样运用"做中学"的思想开展本专业的创新教育。

5. 如何理解创新作品申报的"三性原则"（需要性、新颖性和可行性）？举例说明。

第一章 职业教育创新文化建设

第二章　创新思维类型与发展训练

现实生活中，人们往往认为智商是决定成功与否的因素，却不知，如果将智商比作汽车的动力系统，那么思维能力就好比驾驶的技术，没有优越的驾驶技术，再强的动力系统也是枉然。即使有的人智商平平，却因为拥有超凡的思维能力尤其是创新思维能力而获得了成功。古今中外许多名人的小故事无不向我们昭示出他们非凡的创新思维能力。

创新思维是以新颖独特的方式对已有信息进行分辨、选择、加工、改造、转形、重组等能动操作，从而获得有效创意的思维活动。创新思维能够打破常规，运用独特的方式方法去分析问题和解决问题。

我们有时会对某个问题百思不得其解，陷入苦闷之中。其中一个重要原因是我们的思维方式出了问题：我们陷入了常规性思维，只在传统的、经验的、常规的做法上长久地进行思考，暂时或长久地封闭了其他的思考方向。而创新思维恰恰能突破上述思考方式，创新是反传统、反经验、反常规的。创新思维具有非凡的魔力，只要学会运用它，也可以像牛顿、爱因斯坦一样有创造力。

第一节　发散思维

一、案例导入

图2-1　砖块

【典型案例2-1】

有关砖块（如图2-1所示）的用途你能给出多少种答案？提到砖的用途，不善于使用发散思维的人一般想到的是盖房、砌墙、搭灶、修烟囱、铺路等，离不开建筑材料的圈子。善于发散思维的人可以讲出的用途就多了。

作为建筑材料，砖块可以用来盖房子(包括盖大楼、宾馆、教室、仓库、猪圈、厕所……)、铺路面、修烟囱等。从砖块的重量可以想到，砖块还可以用来压纸张、腌咸菜，可以当正当防卫的工具，当砝码，当哑铃锻炼身体等；从砖头的固定形状可以想到，砖块可以用来当尺子、多米诺骨牌、垫脚等；利用砖块的颜色，人们可以在水泥地上当笔、画画、压碎做红粉、做指示牌、磨碎掺进水泥做颜料等；利用砖块的硬度，人们还想到砖块在有些场合甚至可以当凳子、锤子、支书架，用来磨刀等；还可以从红砖的化学性质看，如吸水……

从此例中我们可以看到，对于"砖"的用途，可以给出多种答案。而如果不看结果自己事先试答时，恐怕将我们的思考发挥到极致，也只能有十多种答案。因此，创新思维需要训练。

【典型案例2-2】

1983年，一位在美国学习的法学博士普洛罗夫在做毕业论文时发现：50年来，美国纽约里士满区一所穷人学校圣·贝纳特学院出来的学生犯罪记录最低。

普洛罗夫用将近6年的时间进行调查，其中有一个问题："圣·贝纳特学院教会了你什么？"共收到了3756份回函。在这些回函中有74%的人回答，他们在学校里知道了一支铅笔有多少种用途，入学的第一篇作文就是这个题目。

当初，学生都知道铅笔只有一种用途——写字。后来都知道了铅笔不仅能用来写字，必要时候还能用来替代尺子画线；还能作为礼品送朋友表示友爱；能当商品出售获得利润；铅笔的芯磨成粉后可以做润滑粉；演出的时候可以临时用来化妆；削下的木屑可以做成装饰画；一支铅笔按照相等的比例锯成若干份，可以做成一副象棋；可以当做玩具的轮子；在野外缺水的时候，铅笔抽掉芯还能当作吸管喝石缝中的水；在遇到坏人时，削尖的铅笔还能作为自卫的武器等。

圣·贝纳特学院让这些穷人的孩子明白，有着眼睛、鼻子、耳朵、大脑和手脚的人更是有无数种用途，并且任何一种用途都足以使他们成功。

发散思维思考问题全面周到。不仅具有发现和提出新问题的功能，而且使人们在创造性地解决问题上思维更流畅、更灵活，视野更开阔；会进一步增强人们的想象力和记忆力以及思维综合能力；不仅有利于决策的正确与准确，避免或减少失误，而且有利于在各种方案中选优，以捕捉最佳"战机"。

二、知识讲解

1.发散思维的概念

发散思维也称做扩散思维或求异思维，指的是人们在思维过程中，充分发挥想象力，无拘束地使思路由一点向四面八方扩散，多角度、立体式地进行思考，从而获得众多解决问题的设想、方案和办法的思维过程。

发散思维是创新思维的基础和核心，是测定创造力的主要标志之一。它表现为思维的视野广阔，对待同一问题时，可以从多方面思考，如"一题多解"、"一事多写"、"一物多用"等方式。不墨守成规，不拘泥于传统的做法，有更多的创造性。与发散性思维相对应的是收敛性思维。

2.发散思维的作用

（1）核心性作用

创新思维是人类进行创新活动的源泉，而发散思维为这股源泉的流淌提供了广阔的通道，能帮助人们摆脱习惯性定势思维的束缚。例如：将鸡蛋立在桌子上。

（2）基础性作用

发散思维是创新思维的基础，在创新思维的技巧性方法中，有许多都是与发散思维有密切关系的。在以后创新思维的学习与应用过程中，同学们将会深深地体会到。

（3）保障性作用

发散思维的主要功能就是为随后的收敛思维提供保障。发散思维能保证尽可能多的解题方案，这些方案不可能每一个都十分正确、有价值，但是一定要在数量上有足够的保证。例如：爱迪生选择灯丝的材料，他与助手们将1600多种耐热材料分门别类地进行实验，最终做出自己满意的电灯。

3. 发散思维的特点

（1）思维的流畅性

流畅性就是观念的自由发挥，指在尽可能短的时间内生成并表达出尽可能多的思维观念以及较快地适应、消化新的思想概念。机智与流畅性密切相关。流畅性仅仅反映发散思维的速度和数量特征，是发散性思维的最低层次的特征。流畅依赖一个人记忆信息和认知的多少，它反映了一个人知识面的广博程度。

（2）思维的广阔性

广阔性也称为变通性，就是打破人们头脑中某种固定而僵化的思维框架，按照新的方式来思考问题的过程。广阔性需要借助横向类比、跨域转化、触类旁通，由知识中的一点联想到另一些知识，然后再联想到其他知识的相似点。使发散思维沿着不同的方面和方向扩散，表现出极其丰富的多样化和多面性。

（3）思维的独创性

独创性是指人们在发散思维中做出不同寻常的、异于他人的、新奇反应的能力。独创性是发散思维的最高目标。

（4）思维的灵感性

灵感性是指进行发散性思维的过程中，新的解决问题的思路、方案的产生往往带有突然性，这种突然产生新思路、新方案的状态，称为灵感。灵感常给人一种豁然开朗、突发妙想的体验，使冥思苦想的问题顿释。

4. 发散思维的形式

（1）辐射发散思维

辐射发散思维是美国心理学家吉尔福特提出来的，是指从不同触角、不同思路去思考，探索解决问题的思维方式。其基本程序为：面对一个已经确定的问题，在一定时间内，以该问题为中心，向各个方向做辐射状的积极思考，不拘一格地探寻各种各样的答案和解决问题的方法。辐射发散思维的思考方式要求我们在寻求解决问题的答案时，要多方向地思考，像太阳那样由问题点向外做全方位辐射。例如，北京奥运会的吉祥物、主体育馆等众多项目向全世界征集作品，以吉祥物为例，从2004年8月5日开始到12月1日止。北京奥组委从上万件作品中收到有效参赛作品662件。其中，中国内地作品611件，占总数的92.3%；港、澳、台地区作品12件，占总数的1.8%；国外作品39件，占总数的5.9%。

职业院校创新发明与实践

（2）多向发散思维

多向发散思维是指解决问题时不是一条路走到黑，而是从横向、纵向、侧向、逆向等多角度、多个方向思考问题，这是发散思维最一般的形式。如做钟表生意的都喜欢说自己的表准，而一个表厂却说他们的表不够准，每天会有1秒的误差，不但没有失去顾客，反而大家非常认可，踊跃购买。

（3）立体发散思维

立体发散思维是指思考问题时跳出点、线、面的限制，进行立体式思维。例如有一次，爱因斯坦的儿子突然问他："爸爸，你是不是很聪明？"爱因斯坦没有直接回答而是反问儿子："你怎么想到问这个问题？"儿子说："我们的老师说你是世界上最伟大的科学家，世界上只有你发现了相对论。"爱因斯坦笑着说："不是我比别人聪明，只是因为我善于使用立体思维来观察问题。这就像一只甲虫在一个篮球上爬行，由于它看到的世界都是扁平的，所以它永远也不会知道自己是在一个有限的球体上爬行。而如果飞来一只蜜蜂，它一眼就会看出甲虫是在一个有限的球体上爬行，因为蜜蜂的视觉是立体的，这对它来说是轻而易举的事情。而你爸爸就像这只蜜蜂，所以我发现了相对论。"

生活中也有许多立体思维的例子，如立体绿化:屋顶花园增加绿化面积，减少占地，改善环境，净化空气；立体农间作业:如玉米地种绿豆、高粱地里种花生等；立体森林:高大乔木下种灌木，灌木下种草，草下种食用菌等。

你还能想出其他的立体思维形式吗？

（4）特性发散思维

能够将各种现象、形态、性质引发出种种不同的用途的方法即为特性发散。特性散发法是发散性创新思维的重要方法之一，它告诉我们要以创新思维看待事物特性，即事物的每一现象、每一形态、每一种性质，都可能引发各种不同的新用途。

当你遇到一个新产品或发现新现象时，应该先利用特性发散思维思考它有什么用途？它还能用在什么地方？应用特性发散思维思考一个对象，就要看这个对象和那些别的因素有什么必然的联系，以寻找创新突破口。这要求我们在发散思考过程中，排除各种障碍，增加视角，从而才有可能发现它的更多属性。比如，单一的气象学放在市场经济的大背景下就能挖掘出很多用途，就出现了气象经济。气象预测已被许多大企业在经营中巧加应用。日本经营电冰箱和空调的厂商，都有预测气象的专门机构，研究气温变化与产品销售之间的浮动关系。例如，在盛夏30℃以上的天气，每延续一天，空调的销售量就能增加4万台。就连北京的一家小衬衫厂也在一次市场调查中发现:20℃左右的气温最适合穿长袖衬衫，一旦超过25℃，短袖衬衫和T恤就开始热销。

5.发散思维和收敛思维的辩证关系

收敛思维又称为集中思维，与发散思维二者相辅相成，互为补充，缺一不可。这是因为，单靠发散思维，虽然能够想出各式各样的解决问题的方法，但究竟哪一个最好，这就需要用收敛思维对所有的方法作出判断，经过反复沉淀、验证、集中导向，作出最佳的抉择。所以，在创造性思维过程中两者往往是结合使用，借助发散思路可以广泛辐射，自由地联想，提出多种解决问题的方案；借助收敛思维，可以对发散结果进行筛选、整合，犹如透镜聚焦一样，将光线聚于一点上，而这一点就是最佳的解决方案。

收敛思维是一种求同思维，要集中各种想法的精华，达到对问题的系统全面的考察，为寻求一种最有实际应用价值的结果而把多种想法理顺、筛选、综合、统一。发散思维是一种求异思维，为在广泛的范围内搜索，要尽可能地放开，把各种不同的可能性都设想到。

任何一个创造活动的全过程，都是要经过从发散思维到收敛思维，再从收敛思维到发散思维，多次循环，直到解决问题。

例如："过河"这个问题如何解决呢?一般先进行扩散思考：架桥、筑坝、打隧道、摆渡、泅水、绕道上游、乘直升机、乘气球漂过去等。然后进行集中思考，选择最合适的方案，比如说架桥。至此，问题并没有解决，还要进行第二次扩散思考：架什么样的桥?木桥、铁桥、水泥桥还是石桥?再进行第二次集中思考，选择适合于当时当地的方案，比如说架水泥桥。此时，问题仍没有解决，还要进行第三次扩散思考：这水泥桥架在什么地方最合适?在乡政府门口、集市附近，还是靠近中心小学?再进行第三次集中。接着进行第四次扩散：桥的跨度、高度、式样等应该如何?然后在多种设计图纸中选择最佳方案。但这只是纸上的东西，要把桥造好，还有各种材料的选购、施工队伍、建桥期跟、建桥费用等。所有这些无不采用扩散—集中—再扩散—再集中的多次循环才能解决。

没有发散思维的广泛收集、多方搜索，收敛思维就没有了加工对象，就无从进行；反过来，没有收敛思维的认真整理、精心加工，发散思维的结果再多，也不能形成有意义的创新结果，也就成了废料。只有两者协同动作，交替运用，一个创新过程才能圆满完成。

因此，在创造活动中，我们既要充分重视思维的扩散性，又要善于进行集中思维，做到扩散度高，集中性好，才能提高我们的创造性思维水平。

三、教学实践

1.请你写出所能想到的带有"口"结构的字，写得越多越好。（时间:5分钟）

2.请列举报纸的各种可能用途。（时间:5分钟）

3.请举出包含"三角形"的各种物品，写得越多越好。（时间:10分钟）

4.未来的房子可设计成什么样?（时间:10分钟）

5.把下列物件按照性质尽可能分类:鸭、菠菜、石头、人、木头、菜油、铁。（时间:5分钟）

6.给你两个圆、两条直线和两个三角形请组成各种有意义的图案。（时间:15分钟）

7.有31棵树，每行种7棵，怎么种? 有几种办法?（时间:5分钟）

8. 将下列图形补充完整。（时间:10分钟）

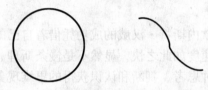

9. 银、铜、铁、铝有什么共同的属性？（时间:3分钟）
10. 请说出家庭中既发光又发热的东西，找出它们的相同点。（时间:3分钟）

第二节　直觉思维

一、案例导入

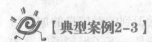【典型案例2-3】

数学家测量灯泡容积。青年数学家阿普顿刚到爱迪生的研究所工作时，爱迪生想考考他的能力，于是给了他一只实验用的灯泡，叫他计算灯泡的容积。一个小时过去了，爱迪生回来检查，发现阿普顿仍然忙着测量和计算。爱迪生说:"要是我，就往灯泡里灌水，将水倒入量杯，就知道灯泡的容积了。"

毫无疑问，身为数学家的阿普顿，他的计算才能及逻辑思维能力是令人钦佩的，然而，这个问题表明，他所缺少的恰恰是像爱迪生那样的直觉思维能力。

【典型案例2-4】

1904年，一个叫欧内斯特·汉威的小贩获准在圣路易斯世界博览会上设摊出售查拉比饼。这是一种很薄的鸡蛋饼，可以同其他甜食一起食用。在他的旁边，另一个小贩也摆了一个小摊，是用小盘子出售冰淇淋。两人是好朋友，在生意上互相支持、照顾。有一天，他俩的生意都特别好，没卖多长时间，卖冰淇淋的小贩把小盘子用完了。这时小摊的前面还有很多顾客站在那里排队等候。这是多么好的赚钱机会呀！眼看就要因为没有小盘子而失去这样的好机会，这可把卖冰淇淋的小贩急坏了，同样也急坏了汉威。汉威在一旁十分着急地东看看、西望望，一边挠头，一边抓腮，恨不得一下子就给他的朋友变出一大堆小盘子来。在情急无奈之下，他突然灵机一动，头脑中闪过一个念头:能不能把奶蛋饼趁热卷起来，等它凉了以后，用它来代替小盘子盛冰淇淋呢？如果行，那可就太好了！一试，果然行。这一应急措施出乎意料地大受顾客们的欢迎，而被人们誉为"世界博览会的亮点"，这也就是蛋卷冰淇淋的由来，如图2-2所示。蛋卷冰淇淋

图2-2　蛋卷冰淇淋

本来只是情急之下的应急措施，后来竟成了至今仍风行于全世界的一种美味可口的食品。

就这个事例来看：欧内斯特·汉威的成功凭借着自己的直觉，在短短一瞬间抓住了灵感的火花。其速度如此之快，显然不是慢条斯理、按部就班地运用逻辑推理推出来的结果。这种思考、判断和认识获得的思维现象具有非逻辑思维的特性，人们一般称其为直觉思维，或直觉顿悟。

二、知识讲解

1. 直觉思维概念

直觉思维是指对一个问题未经逐步分析，仅依据内因的感知迅速地对问题答案作出判断、猜想、设想，或者在对疑难问题百思不得其解时，突然对问题有"灵感"和"顿悟"，甚至对未来事物的结果有"预感"、"预言"等都是直觉思维。

我国著名科学家钱学森认为，直觉是一种人们没有意识到的对信息的加工活动，是在潜意识中酝酿问题，然后与显意识突然沟通，于是一下子得到了问题的解答，而对加工的具体过程我们则没有意识，这就是直觉思维。

直觉思维并不是凭空想象，它需要一定的知识和经验作为基础。牛顿对"苹果落地"的直觉，正是源于他沉迷于对天体间引力的思考；爱因斯坦对"光子"的直觉，也是由于普朗克量子理论的启发和对光电效应现象的思考。所以直觉思维发生的前提是从问题出发，依据人类的全部知识和经验，并具备一定的随机条件，当大脑突然受到某种"情景"的激发，而产生的在潜意识下思考问题的瞬间"顿悟"。

直觉思维是一种心理现象，不仅在创造性思维活动的关键阶段起着极为重要的作用，还是人们生命活动、延缓衰老的重要保证。直觉思维是完全可以有意识加以训练和培养的。

2. 直觉思维的意义

爱因斯坦是一个具有极强直觉思维能力的科学大师，他在26岁和37岁时分别创立的狭义相对论和广义相对论，并不是在已有的理论体系基础上通过逻辑推理产生的，而是在很大程度上靠他自己的丰富的想象力、直觉和灵感。对于直觉和灵感，爱因斯坦可谓推崇至极，他说："真正可贵的因素是直觉，我相信直觉和灵感。"

在当今社会，科学技术高速发展，信息、事态瞬息万变，变幻莫测。在很多情况下，主客观条件都不允许我们对面临的问题，要在搜集到足够的有关材料之后再从容不迫、有条不紊地通过逻辑思维逐步推论，而常常只能是根据并不充分的材料先作出直觉判断，然后再运用逻辑推理加以审核、修正，并最终通过实践加以检验。直觉思维能力强的人，常常靠直觉就能正确地判断形势、洞察实质，获得结论，作出抉择。直觉思维为我们铺设了一条思维捷径，使我们有可能对某

职业院校创新发明与实践

32

些复杂问题高速度、高效率地获得思维成果。尤其在情况紧迫，需要我们当机立断、快刀斩乱麻时，如果不懂得、不习惯或不善于运用直觉思维，而仍企图通过严谨、周密的逻辑推理以求得万全之策，则势必会贻误时机，造成损失。

3. 直觉思维的作用

（1）预见功能

17世纪法国著名哲学家笛卡儿认为："通过直觉可以发现作为推理的起点。"

英国物理学家卢瑟福在其非凡的直觉帮助下，在原子物理学和原子核物理学方面作出了一系列重大的开创性贡献。他曾非常诚挚地表示，他感到大惑不解的是为什么其他物理学家没有发现应当去研究原子核。他凭借直觉预见原子核的存在，提出了原子结构的行星模型，并沿着这条道路，在最短时间内获得了大量重要的发现。

（2）发现功能

直觉思维通过联想努力感悟事物之间的关系，这种关系是一种全新的关系。在一定程度上，有联想才能进行创造。联想意识强，产生的灵感就多，就能够发现别人联想不到的事物或关系，并进而进行创造活动。

居里夫人在深入研究铀射线的过程中，凭直觉感到，铀射线是一种原子的特性，除铀外，还会有别的物质也具有这种特性。想到了立刻就做！她马上扔下对铀的研究，决定检查所有已知的化学物质，不久就发现另外一种物质——钍也能自发发出射线，与铀射线相似。居里夫人提议把这种特性叫做放射性，铀和钍这些有这种特性的元素就叫做放射性元素。这种放射性使居里夫人着了迷，她检查全部的已知元素，发现只有铀和钍有放射性。她又开始测量矿物的放射性，突然她在一种不含铀和钍的矿物中测量到了新的放射性，而且这种放射性比铀和钍的放射性要强得多。凭直觉，她大胆地假定:这些矿物中一定含有一种放射性物质，它是今日还不知道的一种化学元素。有一天，她用一种勉强克制着的激动的声音对布罗妮雅说："你知道，我不能解释的那种辐射，是由一种未知的化学元素产生的……这种元素一定存在，只要去找出来就行了！我确信它存在！我对一些物理学家谈到过，他们都以为是实验的错误，并且劝我们谨慎。但是我深信我没有弄错。"在这种信念的驱使下，居里夫人终于和她丈夫一起发现了新的放射性元素——钋和镭。居里夫人还以她出色的工作，两次荣获诺贝尔奖。

（3）选择功能

要善于运用直觉顿悟思考方法，必须要有渊博的知识和丰富的经验。从表面上看，瞬间的顿悟似乎谈不上运用什么知识和经验，而实际上与所思考问题有关的知识和经验乃是直觉顿悟的依据和基础。品酒大师拿着酒一闻一喝就知道它的产地和年份；老农民抓起一把土一瞥一捏，就知道它适宜种什么庄稼；老技术工人一听机器运转的声音，就能判断出机器在什么地方出了毛病。这些都与他们掌握了丰富的知识和经验分不开。只有他们才能够在很难分清各种可能性优劣的情况下作出优化抉择。

4. 直觉思维的特点

（1）跳跃性

直觉思维不存在逻辑思维那样的环环相扣、循序渐进的一连串思维环节，而是突破逻辑规则的束缚，在一瞬间由观察事物的总体就认识到事物的本质。它省去了一步一步分析推理的中间环节，呈现出了思维"跳跃式"的形式。是一瞬间的思维火花，是长期积累上的一种升华。

（2）突发性

直觉思维的产生往往突如其来，表现为思想上的一种"恍然大悟"，一种"豁然开朗"，而不像一般运用逻辑思维那样层层深入，逐步明确地认识事物。它是思维者的灵感和顿悟，是思维过程的高度简化，但是它却清晰地触及事物的"本质"。

（3）整体性

直觉思维是对思维对象从整体上考察，调动自己的全部知识经验，通过丰富的想象作出的敏锐而迅速的假设、猜想或判断。无论是对对象信息的感知，还是对经验知识的提取，通常都是"块式"地进行的。

（4）创造性

直觉出现的时机，是在大脑功能处于最佳状态的时候，形成大脑皮层的优势兴奋中心，使出现的种种自然联想顺利而迅速地接通，因此，直觉在创造活动中有着非常积极的作用。亚里士多德干脆说："直觉就是科学知识的创始性根源。"

5. 直觉思维的培养方式

（1）获取广博的知识和丰富的生活经验

在前面已经指出，直觉的产生不是无缘无故、毫无根基的，它是凭借人们已有的知识和经验才得以出现的。一个人的知识水平决定着他联想的广度和深度，因此我们在平时要注意知识的积累和储备，直觉往往比较偏爱知识渊博、经验丰富的人，渊博的知识是联想创造的基石。从这种意义上说，获取广博的知识和丰富的生活经验是直觉思维培养的基础。

（2）培养兴趣、树立意识

对直觉思维的兴趣不同于一般兴趣爱好，它没有界定性，往往通过联想培养。除了对自己爱好的事物进行联想，也要对自己并不感兴趣的事物，甚至是反感的事物格外关注，只有这样，才能有所发现、有所创新。直觉意识需要通过联想努力感悟事物之间的关系，这种关系是一种全新的关系。在一定程度上，有联想才能进行创造。直觉思维意识强，产生的联想就多，就能够或可能把别人联系不到的事物联系起来，并进行分析。

（3）学会拥抱直觉

直觉思维凭的是"直接的感觉"，但又不是感性认识。人们平常说的"跟着感觉走"，其中除去表面的成分以外，剩下的就是直觉的因素。直觉需要细心

职业院校创新发明与实践

34

体会、领悟，倾听它的信息、呼声。当直觉出现时，不必怀疑、迟疑，更不能压抑，而应该热情地拥抱它，顺水推舟，作出判断、得出结论。

（4）要培养敏锐的观察力和洞察力

直觉突出的特点是其洞察力及穿透力，因此，直觉与人们的观察力及视角息息相关。观察力敏锐的人，其直觉出现的几率更高，找出事物本质的效果更强。因此，要有意识地培养自己的观察力，特别是提高对那些不太明显的软事实，如印象、感觉、趋势、情绪等无形事物的观察力。

（5）真诚、客观地对待直觉

直觉虽然是凭借人们已有的知识及经验，凭"直接的感觉"产生，但却常常会受到客观环境的影响及个人情感的干扰。特别是后者，当一个人处在某种情感例如猜忌、埋怨、愤怒等的困扰中时，直觉的判断就有可能失去客观性。因此，我们要真诚地对待直觉，产生直觉的过程要尽量排除各种影响和干扰，出现直觉以后，还要回过头来冷静地分析其客观性。

6.直觉思维与逻辑思维之间的关系

直觉思维的结论仅是一种假设或猜想，这些假设或猜想还是一个不成熟的结论，它必须要经过严密的逻辑理论论证和实验论证之后，才能导致科学的发现。所以直觉思维和逻辑思维是一种互补关系。科学创造活动是逻辑思维和直觉思维的质量互变过程。直觉思维是逻辑思维的"飞跃"，逻辑思维是直觉思维的验证。

三、教学实践

1.测一测你的直觉思维如何。

（1）当电话响起时，你是不是一拿起电话就知道对方是谁？

（2）你是不是经常在别人说话之前就已经知道他要说什么？

（3）你是不是会无缘无故地讨厌一个人？

（4）你是不是会看到一件东西就非要得到它不可？

（5）你对朋友的印象是不是与你刚认识他们时的印象差不多？

（6）你是不是会一见到某个人就特别喜欢他（她）？

（7）你是不是经常在思念某个人的时候就会得到他的电话、信件或者见到他？

如果你回答"是"占2/3以上，你的直觉思维较强；如果你回答"是"占1/3以下，你的直觉思维较差；处于中间的为一般。

2.请从多个角度对"，"进行有意义联想，越多，越奇妙，越好。

3.请在1分钟内尽可能多地说出形容"美"的词。

4.思维的跳跃性训练：给定两个词或两个物，然后通过联想在最短的时间里由一个词或物想到另一个词或物。

（1）天空——鱼；

（2）钢笔——月亮；

（3）粉笔——原子弹。

第三节　逻辑思维

前面已经说过，直觉思维是基于一定知识和经验基础上的"顿悟"和"预感"。而另一种运用概念和推理形式进行的抽象思维模式则是逻辑思维。因此，直觉思维和逻辑思维是一对平衡的翅膀，带我们在思维空间中自由翱翔。

一、案例导入

【典型案例2-5】

逻辑分析题：10元钱到哪里去了？

有3位大学生到一家旅店投宿，旅店安排他们3人住进仅剩的一间客房里。经理说要收600元，于是他们每人交了200元。后来经理发现他们是大学生，可以优惠一点，决定收550元。经理派一名服务员退给他们50元。服务员边走边想，50元他们3个人分也分不开，不如只给他们30元，剩下的20元就归我了。服务员退给他们每人10元，私自留下20元。可是他回去一想，觉得有问题，怎么算都是少了10元。他想：他们每人交了200元，我退给他们每人10元，等于他们每人都交了190元，190元×3=570元，再加上自己留下的20元，总计590元，那么还有10元钱到哪里去了呢？

很明显，这道题是在利用逻辑误导人的思维。实际上是三个人一共花了570元，其中550元给了老板，剩下的20元被服务员贪污了，和前面的600元没有关系。

【典型案例2-6】

某电视机厂与某大商场就销售电视机事宜进行磋商和谈判。双方经过激烈的交锋，终于就电视机的价格、质量问题取得了一致意见，达成了协议。在签字时，某大商场又想反悔，不想与电视机厂签订协议，于是故意提出一个新问题："签字要经公司总经理批准，因为我们商场被另一家公司吞并了。"意在以此为理由拒绝签字。

电视机厂谈判代表看出了其中的破绽，针锋相对地说："如果你说的情况属实，那么我们可以重新谈判、磋商；如果你说的情况是假的，鉴于我们已达成了一致意见，且时间不允许我们再拖延，你应当在协议上签字。"

电视机厂谈判代表的话是很有分量的，他运用了逻辑推理的方法。

（1）如果商场代表所述的情况真实，那么我们可以重新谈判；如果商场代表所述的情况虚假，那么商场方不能再拖，必须当即在谈判桌上签字。

（2）如果签字要公司总经理批准，那么这家商场被某公司吞并，而实际上这家商场没有被某公司吞并。这一信息也正是电视机厂代表以限定时间，促使及早签约的根据。所以，商场方代表签字不需要经过总经理的批准。

（3）如果商场方代表签字不需经过公司总经理批准，那么商场方的谈判代

职业院校创新发明与实践

表有权在协议上签字。

电视机厂方代表运用以上一系列逻辑推理有理有据地说服了商场方,商场方终于在电视机厂方谈判代表缜密、富有逻辑而又有威慑力的话语面前败下阵来,不得不在协议上签了字。

二、知识讲解

1. 逻辑思维的概念

逻辑思维是指符合某种人为制定的思维规则和思维形式的思维方式,是人们在认识过程中借助于概念、判断、推理等思维形式能动地反映客观现实的理性认识过程。常称它为"抽象思维"或"闭上眼睛的思维"。它还是人的认识的高级阶段,即理性认识阶段。

逻辑思维具有抽象的特征,通过对感性材料的分析思考,撇开事物的具体形象和个别属性,揭示出物质的本质特征,形成概念并运用概念进行判断和推理来概括、间接地反映现实。

2. 逻辑思维的意义

逻辑思维对提高人们的科学思维能力,提高思维质量等方面都具有重要意义。

(1)逻辑思维有助于人们防止和纠正错误

任何一个正常的人都具有进行逻辑思维的能力,但水平有很大差异。一个人的逻辑思维能力越强,对知识的理解越透,掌握得越牢固,运用就越灵活。因此,培养和提高人们的逻辑思维能力,是提高整个民族科学文化水平的一个重要方面。逻辑思维训练可以使人们由自主地上升为自觉地运用逻辑形式进行思维活动,这对防止和纠正错误具有很重要的意义。

(2)逻辑思维有助于人们获取新知识

逻辑思维可以帮助人们将来源于实践并经过实践检验过的真实知识,经过正确的推理,推出新知识。这是人们认识世界所不可缺的逻辑环节,也是获取正确知识的必要条件。

(3)逻辑思维有助于人们正确地表达思想

思维是表达的前提和基础。只有思维合乎逻辑,表达才能清楚正确和鲜明生动。毛泽东曾说过:"文章和文件都应当具有这样三种性质:准确性、鲜明性、生动性。准确性属于概念、判断和推理问题,这些都是逻辑问题。"

(4)逻辑思维有助于人们提高工作质量和效率

逻辑思维有助于人们在较短的时间内综合分析大量材料,处理众多信息,提高工作效率和学习效率。训练和提高人们的逻辑思维能力,能促进其自觉地运用逻辑知识,提高学习和工作的质量。

3. 逻辑思维的作用

(1)发现问题

发现问题是创造的起点,怀疑、质疑、批判是提出和发现问题的重要途径。

创造基于对已有认知成果的怀疑、质疑、批判，怀疑、质疑、批判最终要通过逻辑思维来验证和确定问题的存在，问题的提出需要逻辑思维的参与，通过逻辑思维这一环节来实现。问题的发现、问题的提出、问题的明确，问题解决思路和方案的检验、论证，创造成果和理论体系的形成都离不开逻辑思维的支持，逻辑思维是创新思维的必要条件。

（2）直接创新

在创造性思维的准备阶段和酝酿阶段，人们主要依靠逻辑思维能力，运用各种逻辑方法来明确问题，收集有关资料，获取必要的知识和理论储备，对问题进行初步分析，寻找问题的症结，明确问题解决的困难和关键所在，尝试提出解决问题的各种思路和方法，并在经历过一系列失败后对问题本身、对现有问题的解决方法和自身知识理论储备进行反思，逐步认识到现有技术、方法、理论、观点、现有知识体系的局限性，逐渐逼近问题的核心和实质。所有这些过程和操作的实现都离不开逻辑思维的支持。

（3）筛选设想

在创造性思维成果产生以前，人们往往都需要对一个问题进行长时间的苦苦思索，需要进行千百次的逻辑分析、推理、论证和筛选。如果没有逻辑思维的这些准备工作，就不可能有创造性思维成果的产生。通过逻辑思维可以进行筛选，排除各种无效的假设和想法，逐渐逼近创造性问题解决的核心。

（4）表达成果

创造性思维的成果也需要通过逻辑手段表达出来，通过逻辑和语言、符号形式将创造性思维结果明确表达出来，以形成一个比较完整、严密的理论体系，才能最终为大家所接受和承认。创造成果的表达和理论体系的形成都离不开逻辑思维的支持。对新思想、新观念、创造性问题解决方法的正确性和有效性进行分析、论证、检验和证明，并通过补充和修正使其趋于不断完善。

4. 逻辑思维的形式

（1）形式逻辑

抛开具体的思维内容，仅从形式结构上研究概念、判断、推理及其联系的逻辑体系，就是形式逻辑，又称为普通逻辑。我们平常所说的逻辑，一般也指的是形式逻辑。

例如，春秋战国时期，吴国有一位著名的贤人叫延陵季子。有一次他去晋国，一进入晋国国境，他就说：这是个暴虐的国家。到了都城，他又说：这是个民力耗尽的国家。他去见了晋国的国君，回来后叹道：这真是个混乱的国家呀。随行的人不解，问他：您刚到这个国家，时间很短，为什么作出这样三个判断呢？延陵季子回答说：我刚进入晋国国境，就看到百姓的田垄荒芜而不整治，官家的建筑却高大而华美，证明百姓的生活很苦而统治者作威作福，我就知道这是个暴虐的国家。进了都城，我发现新建的房子简陋而老房子结实好看，新房墙矮而老房墙高，我就判断出这个国家民力已经耗尽。至于我为何说这是个混乱的国家，

职业院校创新发明与实践

是因为我在朝廷上看到，晋国国君身体精力都不错却不理国事，大臣们都不傻却没有一个对国君进行劝谏，你说这不是混乱又是什么呢？

（2）数理逻辑

数理逻辑是在普通逻辑（形式逻辑）基础上发展起来的新的逻辑分支学科。数理逻辑在深度和广度上推进了传统逻辑，使它更加精确和严密。由于数理逻辑使用了数学的语言和符号，揭示了事物和事物之间的数量关系，不仅深化了传统自然科学学科的研究，而且对计算机科学、控制技术、信息科学、生物科学等学科的发展有重要意义。

（3）辩证逻辑

辩证逻辑通过概念、判断、推理等发生于思维中的抽象形式，对外部世界作出概括的、近似的然而却是本质的反应。爱因斯坦是20世纪最伟大的科学家，他创建的相对论为人类认识物质世界开辟了新的视野。纵观爱因斯坦整个科学生涯，他是把辩证唯物主义哲学关于物质世界统一性的观念作为他科学方法论的核心。

5. 逻辑思维的方法

（1）分析与综合

分析的过程是在思维中把对象分解为各个部分或因素，分别加以考察的过程。综合是在思维中把对象的各个部分或因素结合成为一个统一体加以考察的逻辑方法。

（2）分类与比较

根据事物的共同性与差异性可以把事物分类，具有相同属性的事物归入一类，具有不同属性的事物归入不同的类。比较就是比较两个或两类事物的共同点和差异点。通过比较能更好地认识事物的本质。

分类是比较的后继过程，重要的是分类标准的选择，选择得好还可导致重要规律的发现。

（3）归纳与演绎

归纳是从个别性的前提推出一般性的结论，前提与结论之间的联系是或然性的。演绎是从一般性的前提推出个别性的结论，前提与结论之间的联系是必然性的。

（4）抽象与概括

抽象就是运用思维的力量，从对象中抽取它本质的属性，抛开其他非本质的东西。概括是在思维中从单独对象的属性推广到这一类事物的全体的思维方法。

抽象与概括和分析与综合一样，也是相互联系、不可分割的。

三、教学实践

1. a、b、c、d四个人结伴去野外旅行，中午吃饭的时候，发现a带了7个面包，b带了5个面包，c带了4个面包，d什么也没带，他们把面包平分吃了，饭后

d拿出16元作为饭钱，请问应当怎样分这16元才合理？

2. 在8个同样大小的杯中有7杯盛的是凉开水，1杯盛的是白糖水。你能否只尝3次，就找出盛白糖水的杯子来？

3. 假设一个池塘里有足够多的水，现有两个空水壶，容积分别是5升和6升，请问如何用这两个水壶从池塘里取得3升的水？

4. 有100个棋子，由两个人轮流拿，每次最少拿1个，最多拿5个，能得到最后一个棋子的人为赢。请问应如何拿？

5. 判断正误，并说明理由。

（1）鲸不是鱼，海豚不是鲸，所以海豚是鱼。

（2）蚂蚁是动物，所以大蚂蚁是大动物。

（3）并非只有天才才能发明创造，因此，不是天才的人，也可以发明创造。

第四节　质疑思维

一、案例导入

【典型案例2-7】

"环保蟹黄汤包盒"的发明。江苏省靖江中等专业学校某同学发明的"环保蟹黄汤包盒"在2008年江苏省"爱士杰"杯青少年创新发明大赛中荣获一等奖。靖江的蟹黄汤包有制作"绝"、形态"美"、吃法"奇"的独特个性，以数百年的悠久历史闻名遐迩。蒸熟的汤包雪白晶莹，皮薄如纸，几近透明，稍一动弹，便可看见里面的汤汁在轻轻晃动，使人感到一种吹弹即破的柔嫩。不了解制作方法的人，还以为汤汁是用针筒注射进去的。因此特点，蟹黄汤包宜蒸好即食，且没有专业的训练，一般人无法拿取，这让来靖江品尝了美食后想带原汁原味新鲜汤包回去的人们（特别是外地人）成为奢望。

该同学运用质疑思维将问题缩小到几个方面，分别研究解决之。

① What：用什么材料制作才能达到环保、无毒、保温的目的？

② How to：如何才能达到保温的目的？如何才能达到减震，使汤包不破的目的？

③ How long：需要保温多长时间？

④ Who：哪些人需要外带（主要是外地人，靖江本地人一般会选择去饭店即食）？该同学在创新发明的过程中，针对每一问题，拟定各种可行方案，分别试验鉴定后，找到了最佳方案。

【典型案例2-8】

最优秀的学生。哲学家罗素问穆尔："谁是你最优秀的学生？"

当时，剑桥大学公认的优秀学生是穆尔的学生维特根斯坦。

职业院校创新发明与实践

穆尔毫不犹豫地说是维特根斯坦。

"为什么?"罗素问道。

"因为维特根斯坦在听我课的时候总是有一大堆的问题,总是喜欢探究各种各样的问题。"

后来,维特根斯坦果然在哲学上取得了很大的成就,甚至超过了罗素。有人问维特根斯坦:"罗素为什么落伍了?"

维特根斯坦回答:"因为他没有问题了。"

二、知识讲解

1. 质疑思维的概念

所谓质疑思维,就是指创新主体在原有事物的条件下,通过"为什么"(可否或假设)的提问,综合运用多种思维改变原有条件而产生的新事物(新观念、新方案)的思考方式。古人云:"学贵多疑,小疑则小进,大疑则大进。" 提出问题比解决问题更重要。我们首先要怀疑,才能够提出问题,在提出问题的基础上,才能够解决问题,才能够发现新的观念。质疑的过程是积极思维的过程,是提出问题、发现问题的过程,因此,质疑中蕴涵着创新的萌芽,是创新的起点。创新能力的培养可以从质疑开始。

2. 质疑思维的特征

(1)疑问性

质疑思维最核心的特征就是它的疑问性。疑问性充分体现在问"为什么"上。这是探索问题的切入点、入口处,表达了一种开发、开掘的欲望,它是发现问题、提出问题的钥匙。

(2)天生性

质疑是人们的天性,是孕育探索未知世界的摇篮。大千世界纷繁复杂,大到天文宇宙,小到粒子微观,新的问题、新的方法、新的观点和新的流派层出不穷,但是人们的生活空间却是有限或单一的。二者的巨大反差造成了人类认知世界的大片盲区,人们对某些问题的怀疑实属正常现象,人类社会的文明正是在不断质疑—求知—获解的过程中积淀起来的。

(3)探索性

质疑思维表现最明显、最活跃的特征就是它的探索性。探索性充分体现在思考、解决问题的过程中,穷追不舍、不达目的决不罢休的探索精神,直到无疑可质,得到正确答案为止。

(4)求实性

质疑思维最可宝贵的特征是它的求实性。质疑思维的目的完全在于它的求实性,也包括它的求真性、完整性、价值性和规律性。

3. 质疑思维的方法

质疑思维的方法主要有:奥斯本检核法、和田12动词法、5W1H法、七步法和行停法、检核表法。这里主要介绍奥斯本检核法和5W1H（6W2H）法。

（1）奥斯本检核法

奥斯本检核法是奥斯本提出来的一种创造方法。即根据需要解决的问题，或创造的对象列出有关问题，一个一个地核对、讨论，从中找到解决问题的方法或创造的设想。下面介绍奥斯本检核法九个方面的提问。

① 能否他用。能否他用是指现有的事物有无其他的用途（包括稍做改革可以扩大的用途）。例如，冬天床上用来取暖的电热毯用于写字桌上，开发了新产品电热写字玻璃台板。再例如，目前服装百货商场纷纷辟出部分营业面积，或在原用于停车的地下层开起超市，或在黄金部位经营起咖啡吧、快餐餐饮。往往超市和餐饮的生意很好。究其原因，它极大程度地方便了顾客，特别是一些陪着夫人逛商场的男士，本来已经不耐烦东逛西逛，见到咖啡吧便坐下小憩，请夫人逛完之后来此集合，当然由此带来消费。或到了用餐时间就近用餐。家里有需添置日用品的家庭主妇往往更喜欢选择到和商场在一起的超市里购买。这样将商场经营场地作为他用的经营策略取得了很大的成功。

② 能否借用。能否借用是指过去有无类似的发明创造创新，现有成果能否引入其他创新性设想，现有事物能否做些改变等。

例如，现在借用计算机技术将一些毛绒玩具开发成智能玩具，会说话，能与人进行简单会话。再如人尽皆知的故事——曹冲称象，聪明的曹冲想到了能否借用与大象等重的其他可称的东西，从而有了这流芳百世的故事。直到今天，有的人可能从没去分析过，曹冲运用的正是质疑思维。

③ 能否改变。能否改变是指现有的事物可否改变制造方法、形状、大小、颜色、声音、味道等。在人们的观念中，重视以大为好。可是，当美国的饼干厂商发觉饼干销路不见增长以后，就反其道而行之，专门针对顾客"减肥"和"自欺欺人"的心理，无中生有地推出了一种形状大小如纽扣般的"迷你型"饼干，结果大受顾客青睐。他们的口号是："喂，老哥，一口一个才是你要的尺寸。"

分析一下"迷你型"饼干取得成功的原因，主要有这样几个方面：其一，一般有减肥意识的成年人，小饼干使得他们觉得所吞进的卡路里大为减少，虽说实际情况可能会适得其反。其二，青少年喜欢将小饼干抛至空中，享受以嘴去接的乐趣。其三，10岁以下的儿童认为，这种饼干的最大优点是一口一个，饼干屑不至于撒一地。其四，人都有追求创新的倾向。习惯了旧式饼干以后，突然推出一种新奇饼干，容易吸引顾客。其五，欧洲人吃食讲究精细，一切讲求适当尺寸。欧洲人的喜好为美国小饼干的大行其道铺平了道路。所以当具有200年饼干制作历史，在美国市场占有率为49%的老厂商纳贝斯克公司在1987年率先将其最畅销的乐之饼干缩小时，便迅速获得市场的接受。

④ 能否扩大。能否扩大是指能否添加零部件，能否扩大或增加应用范围、功能、高度、强度、寿命、价值等。例如手机，最初的手机只有具有像电话一样的接听功能，后来手机制造商一直秉承着在功能方面能否扩大的观念，继而手机有了短信、彩信功能，拍照、摄像功能，MP3、MP4功能，U盘功能，上网功能……

职业院校创新发明与实践

⑤ 能否缩小。能否缩小是指现有事物能否减少、缩小或省略某些部分，能否浓缩化，能否微型化，能否短点、轻点、压缩、分割、简略等。还是以手机为例，最开始的手机人称"砖头"，其实是形象地说出了它的外形与大小。手机制造商在手机尺寸的开发过程中走的是与其功能方面完全相反的路子:能否缩小。从而，手机在不影响其功能方面日渐精致小巧。计算机也是如此。

⑥ 能否替代。能否替代是指现有的事物有无代用品。有了不断的替代，才有了人类社会的不断创新与进步。例如，汽车原来使用的燃料是汽油，但石油的储藏越来越少，汽油的价格也日益高涨。现在混合动力汽车已经问世，天然气和电能很好地替代了汽油，相信将来还有诸如太阳能等更多、更环保的燃料替代汽油。

⑦ 能否调整。能否调整是指现有的事物能否调整已知布局，能否调整既定程序，能否调整日程计划，能否调整规格，能否更换顺序、更换包装或更换型号等。例如，很多国家和城市为了人们作息的方便，在夏天将时间调为夏令时，冬天将时间调为冬令时。再如，"春晚"应广大观众的要求，将原来歌舞类节目时间调整出一部分作为语言类节目时间。

⑧ 能否颠倒。能否颠倒是指现有的事物是否可以颠倒过来用。例如，电能生磁，反过来磁也能生电。英国物理学家法拉第正是以此作根据，经过几十年研究终于创立了电磁感应原理。后来的科学家在此基础上发明了发电机。又如，说话声音的高低变化在一定条件下能引起金属片产生相应的颤动;反过来，金属薄片的颤动在一定条件下也能引起说话声音发生相应的高低变化。美国发明家爱迪生正是以此作根据，在对电话加以改进的实验过程中，发明、制造了世界上的第一台留声机。再如，温度计的诞生——水的温度变化引起了水的体积变化，反过来，由水的体积变化也能看出水的温度变化。

⑨ 能否组合。能否组合是指是否可以将现有的几种事物组合在一起，形成新的功能或新的产品。例如，美国威利发明的橡皮头铅笔，就是将铅笔和橡皮组合而成的。再如，手机拥有强大的功能，就是将电话、收音机、播放器、照相机、计算器等功能组合在一起，现在功能单一的产品已经不多。

（2）5W1H（6W2H）法

美国陆军部提出的5W1H法是按照事物的构成要素,实施过程是通过连续提出6个问题，明确需要探索和创新的范围，设法找到满足条件的答案，最终获得创新方案的创新技法。此方法广泛应用于改进工作、改善管理、技术开发、价值分析等方面。

我国著名的教育家陶行知先生提出了6W2H法，他把这种提问模式叫做教人聪明的"八大贤人"。为此他写了一首小诗:

> 我有几位好朋友，曾把万事指导我，
> 你若想问真姓名，名字不同都姓何，
> 何事、何故、何人、何如、何时、何地、何去，
> 还有一个西洋名，姓名颠倒叫几何。
> 若向八贤常请教，虽是笨人不会错。

具体来讲，这里的5W1H（6W2H）法即是：

① Why——为什么需要创新？　　　　　　　为什么
② What——创新的对象是什么？　　　　　　做什么
③ Where——从什么地方着手？　　　　　　哪里
④ Who——谁来承担创新任务？　　　　　　谁
⑤ When——什么时候完成？　　　　　　　什么时候
⑥ How——怎样实施？　　　　　　　　　　怎么样　　　　"5W1H"
⑦ How much——达到怎样的水平？　　　　多少
⑧ Which——几何　　　　　　　　　　　　如何　　　　"6W2H"

表2-1为用5W1H法对某产品进行技术创新分析。

表2-1　产品技术创新的"5W1H"法

	现状如何	为什么	能否改善	该怎么改善
对象（What）	生产什么	为什么生产这种产品或配件	是否可以生产别的产品	到底应该生产什么产品
目的（Why）	什么目的	为什么是这种目的	有无别的目的	应该是什么目的
场所（Where）	在哪儿干	为什么在那儿干	能否在别处干	应该在哪儿干
时间和程序（When）	何时干	为什么在那时干	能否在其他时候干	应该什么时候干
作业员（Who）	谁来干	为什么那人干	能否由其他人干	应该由谁干
手段（how）	怎么干	为什么那么干	有无其他方法	应该怎么干

每一个天才，都是真正的"问题猎手"。因此，平时一定要养成凡事多问"为什么"（Why）和"如何"（How）的习惯。即使是一个貌似平常的小事，问笨问题是革新的先行者。如果不断地询问"为什么"和"如何"，就有可能找到问题的答案。就像我们平时所说的：爱问"为什么"的孩子是聪明的孩子。

三、教学实践

1. 列举你的日常行为习惯，并一一提出质疑。
2. 运用5W1H（6W2H）法解决生活中、班级中、专业学习中的一个问题。

第五节　逆向思维

一、案例导入

【典型案例2-9】

来自垃圾桶的噪声。退休后的老人沙克为求安静，在学校附近买了一间简陋的房子，住下的前几个星期还很安静，可是不久有三个年轻人开始在附近踢垃圾

职业院校创新发明与实践

桶闹着玩。老人受不了这些噪声，出去跟年轻人谈判。

"你们玩得真开心。"他说，"我喜欢看你们玩得这样高兴。如果你们每天都来踢垃圾桶，我将每天给你们每人一块钱。"

三个年轻人很高兴，更加卖力地表演"足下工夫"。不料三天后，老人忧愁地说："通货膨胀减少了我的收入，从明天起，只能给你们每人五毛钱了。"

年轻人显得不大开心，但还是接受了老人的条件。他们每天继续去踢垃圾桶。一周后，老人又对他们说："最近没有收到养老金支票，对不起，每天只能给两毛了。"

"两毛钱？"一个年轻人脸色发青，"我们才不会为了区区两毛钱浪费宝贵的时间在这里表演呢，不干了！"

从此以后，老人又过上了安静的日子。

管理血气方刚的年轻人，强制性的命令只会让他们变本加厉，适得其反，利用逆向思维，把面子给足他们，才能将其控制在"股掌"之中，事情的结果才能向自己的意愿发展。

【典型案例2-10】

电动机和发电机。现代社会没有电是不可想象的。电之所以能被广泛利用，就该归功于法拉第，如图2-3所示。

1820年，丹麦本哈根大学物理教授奥斯特发现导线上通电流会使附近的磁针偏转，法拉第由此想到磁铁也能使通电导线移动，于是他发明了电动机。

后来法拉第又想到，电能生磁，反过来呢？他立刻做实验，最终发现磁也能生电，这一发现导致了发电机的诞生。

法拉第两次"反过来试试看"使大规模生产和利用电能成为可能，而这又引发了第三次产业革命。

图2-3　法拉第

法拉第的成功说明了逆向思维的重要性。我们身处的就是由相互对立的事物组成的和谐的世界，而每一事物又有相互对立的两个方面。很多过程都是可逆的，而两种截然相反的方法有时可以解决同样的问题。

二、知识讲解

1. 逆向思维的概念

逆向思维是指与一般思维方向相反的思维方式，俗话称"倒过来想"或"反其道而行之"。让思维向对立面的方向发展，从问题的相反面深入地进行探索，树立新思想，创立新形象。

人们习惯于沿着事物发展的正方向去思考问题并寻求解决办法。其实，对于某些问题，尤其是一些特殊问题，从结论往回推，倒过来思考，从求解回到已知条件，或许会使问题简单化。

2. 逆向思维的意义

善于应用逆向思维，可以起到意想不到的作用。在战争时期，有一个小八路军，运用逆向思维成功地闯过了敌人的重重关卡，把重要情报送到了目的地。事情是这样的：在八年抗日战争时期，有一次，敌人把一个村庄包围了，不让村里的任何人出去，派了一个伪军在村子通向外界的唯一通道——一个小桥上把守。正巧村里有一个重要的情报要报告给在村外的八路军领导人，在敌人看守如此严密的情况下，怎样才能把情报顺利、又安全送出去呢？村里的一个小八路军，勇敢地担当起这个任务，这个小八路军在黄昏时趁着夜色的掩护，悄悄地来到了小桥旁边的芦苇地，躲藏了起来。他认真地观察小桥上发生的一切，注意到守关卡的敌人打起了瞌睡，凡是由村外的人来了，他总是头也不抬就说：回去，回去，村里不让进。如此几次，小八路军心里有了主意，于是他钻出了芦苇地，悄悄接近并上了小桥，就在敌人抬头发话之前他突然转身向村里的方向走，并且故意把脚步声弄得挺大，敌人听到后，还是头也不抬地说：回去，回去，村里不让进。结果小八路军顺利过关，把情报安全地送了出去，为八路军部队打胜仗立下了汗马功劳。这就是成功运用逆向思维的结果。由此可见，学会并灵活运用逆向思维具有多么重要的意义呀。

3. 逆向思维的特点

（1）反向性

逆向思维法是指为实现某一创新或解决某一因常规思路难以解决的问题，而采取反向思维寻求解决问题的方法。反向性是逆向思维的重要特点，也是逆向思维的出发点，离开了它，逆向思维也就不存在。如性质上的反向：软与硬、高与低等；结构、位置上的反向：上与下、左与右等；过程上的逆转：气态变液态或液态变气态、电转为磁或磁转为电等。不论哪种方式，只要从一个方面想到与之对立的另一个方面，都是逆向思维。

（2）批判性

逆向是与正向比较而言的，正向思维是指常规的、常识的、公认的或习惯的想法与做法。逆向思维则恰恰相反，是对传统、惯例、常识的反叛，是对常规的挑战。它能够克服思维定式，破除由经验和习惯造成的僵化的认识模式。

（3）创新性

逆向思维的实质是拓宽思维的领域，打破故有的习惯思维的束缚，敢于想象，敢于创新，不盲目地从众。循规蹈矩的思维和按传统方式解决问题虽然简单，但容易使思路僵化、刻板，摆脱不掉习惯的束缚，得到的往往是一些司空见惯的答案。其实，任何事物都具有多方面属性。由于受过去经验的影响，人们容易看到熟悉的一面，而对另一面却视而不见。逆向思维能克服这一障碍，往往是出人意料，实现创新的目的。

4. 逆向思维的形式

（1）原理逆向

原理逆向就是从事物原理的相反方向进行的思考。如温度计的诞生。意大利物理学家伽利略曾应医生的请求设计温度计，但屡遭失败。有一次，他在给学生上实验课时，由于注意到水的温度变化引起了水的体积的变化，使他突然意识到，倒过来，由水的体积的变化不也能看出水的温度的变化吗？循着这一思路，他终于设计出了当时的温度计。

（2）功能逆向

功能逆向就是按事物或产品现有的功能进行相反的思考。如风力灭火器。一般情况下，风是助火势的，特别是当火比较大的时候。但在一定情况下，风可以使小的火熄灭，而且相当有效。现在扑灭火灾时，消防队员使用的灭火器中有风力灭火器。风吹过去，温度降低，空气稀薄，火被吹灭了。再如，大风本是一种具有破坏性的自然气象，然而人类却利用它进行风力发电；恶臭冲天的皮革厂废料渣是污染环境的一大公害，而利用它制造出的厌氧发酵沼气池，却为工厂节约了大量燃料……

（3）位置逆向

位置逆向就是从已有事物的结构、位置出发进行反向思考，设法寻求解决问题的新途径。

例如，过去动物园里的动物是关在笼子里的，动物在狭小的天地里渐渐失去了野性。人们看到的是笼子里异化了的无精打采的动物，而不是自然界里活生生的、充满野性的动物。于是，将传统的观点进行逆向，在野生动物园里观赏动物的人与动物恰好对调了位置，将人关在了"笼子"里。一个新的思路，产生了一种新的观赏方式，改变了传统的动物园模式，解决了动物被异化的问题，使人们能观赏到自然状态的动物，于是野生动物园应运而生。再如，煎鱼或烤鱼在日本是家常美食，有一位家庭主妇对煎鱼时鱼总是会粘到锅上感到很恼火，煎好的鱼常常烂开、不成片。有一天，她在煎鱼时突然产生了一个念头，能不能不在锅的下面加热，而在锅的上面加热呢？经过多次尝试，她想到了在锅盖里安装电炉丝这一从上面加热的方法，最终制成了令人满意的煎鱼不煳的锅。

（4）属性逆向

属性逆向就是从事物属性的相反方向所进行的思考。洗衣机的脱水缸，它的转轴是软的，用手轻轻一推，脱水缸就东倒西歪。可是脱水缸在高速旋转时，却非常平稳，脱水效果很好。当初设计时，为了解决脱水缸的颤抖和由此产生的噪声问题，工程技术人员想了许多办法，先加粗转轴，无效；后加硬转轴，仍然无效。最后，他们进行逆向思维，弃硬就软，用软轴代替了硬轴，成功地解决了颤抖和噪声两大问题。这是一个由逆向思维中的属性逆向而诞生的创造发明的典型例子。

（5）程序逆向（方向逆向）

程序逆向（方向逆向）就是颠倒已有事物的构成顺序、排列位置而进行的思考。

20世纪60年代中期，当时在福特公司的一个分公司任副总经理的艾科卡正在寻求方法，改善公司业绩。他认定，达到该目的的灵丹妙药在于推出一款设计大胆，能引起大众广泛兴趣的新型小汽车。在确定了最终决定成败的人就是顾客之后，他便开始绘制战略蓝图。以下是艾科卡如何从顾客着手，反向推回到设计一种新车的步骤：顾客买车的唯一途径是试车。要让潜在顾客试车，就必须把车放进汽车交易商的展室中。吸引交易商的办法是对新车进行大规模、富有吸引力的商业推广，使交易商本人对新车型热情高涨。说得实际点，他必须在营销活动开始前做好小汽车，送进交易商的展车室。为达到这一目的，他需要得到公司市场营销和生产部门百分之百的支持。同时，他也意识到生产汽车模型所需的厂商、人力、设备及原材料都得由公司的高级行政人员来决定。艾科卡一个不漏地确定了为达到目标必须征求同意的人员名单后，就将整个过程倒过来，从头向前推进。几个月后，艾科卡的新型车——"野马"从流水线上生产出来了，并在60年代风行一时。它的成功也使艾科卡在福特公司一跃成为整个小汽车和卡车集团的副总裁。

　　（6）观念逆向

　　观念不同，行为不同，收获不同。它意在昭示：观念是多么的重要，要想自己有超凡的收获必须有自己独特的观念。

　　1964年6月，王永志第一次走进戈壁滩，执行发射中国自行设计的第一种中近程火箭任务。当时计算火箭的推力时，正值七八月份，天气很炎热。火箭发射时推进剂温度高，密度就要变小，发动机的节流特性也要随之变化。正当大家绞尽脑汁想办法时，一个高个子年轻中尉站起来说："经过计算，要是从火箭体内卸出600公斤燃料，这枚导弹就会命中目标。"大家的目光一下子聚集到年轻的新面孔上。在场的专家们几乎不敢相信自己的耳朵。有人不客气地说："本来火箭能量就不够，你还要往外卸？"于是再也没有人理睬他的建议。这个年轻人就是王永志，他并不就此甘心。他想起了坐镇酒泉发射场的技术总指挥、大科学家钱学森，于是在临射前，他鼓起勇气走进了钱学森的住房。当时，钱学森还不太熟悉这个"小字辈"，可听完了王永志的意见，钱学森眼睛一亮，高兴地喊道："马上把火箭的总设计师请来。"钱学森指着王永志对总设计师说："这个年轻人的意见对，就按他的办！"果然，火箭卸出一些推进剂后射程变远了，连打3发导弹，发发命中目标。从此，钱学森记住了王永志。中国开始研制第二代导弹的时候，钱学森建议：第二代战略导弹让第二代人挂帅，让王永志担任总设计师。几十年后，总装备部领导看望钱学森时，钱学森还提起这件事说："我推荐王永志担任载人航天工程总设计师没错，此人年轻时就露出头角，他大胆逆向思维，和别人不一样。"这是一个很好的观念逆向的逆向思维例证。

　　（7）状态逆向

　　状态逆向是指人们根据事物某一状态（过程）的相反方向来认识事物，引发创造发明的思维方法。例如，在一些大百货公司里，为了让顾客登楼方便、省力而安装了电动扶梯。这种电动扶梯的设计思想，也就是将"走路"倒过来成

职业院校创新发明与实践

48

为"路走"，让"路动"而"人不动"。又如乘客坐在列车里经过日本津轻海峡的隧道时，向窗外望去，可以欣赏到引人入胜的动画电影。这种新颖别致的"隧道电影"是德国电影发行放映公司发明的。它的问世也是"倒过来想"的产物。电影本来是画面（电影胶片）"运动"，观众"静止"，隧道电影则倒过来，画面（隧道墙壁上的画）是静止的，坐在车厢里的观众却随着列车的前进而"运动"。作为逆向思维创新体系中的状态逆向法的实际应用给我们的启示是：只有敢想、肯想、多想，勇于从新的视角挑战问题的人，才有成功的可能。状态逆向作为一种创新思维，将引领我们在面对某些复杂的问题时，学会反向思考，通过状态过程达到创新超越。

三、教学实践

1. 请找出一个你认为很讨厌的东西，说出它有什么积极作用。

2. 运用逆向思维从原理、功能、因果、结构等角度思考已知事物的相反事物，将结果填在表2-2内。

表2-2　逆向思维训练

已　知　事　物	相反事物或过程
发电机	电动机
地铁	
加热使水分蒸发	
火灾时周围温度升高	
狂风暴雨带来洪涝灾害	
吹风机	
过街天桥	
穿山隧道	
轮船	
麦克风	
录音机	
空调制冷	
干燥器	
下雨	
电影	
商场	
野兽	
电话	
冰箱	

第六节 组合思维

一、案例导入

 【典型案例2-11】

多功能导盲手杖。在一个下雨天，江苏省靖江中等专业学校学生刘沁看到一位盲人踩进水塘并滑倒，同情之心油然而生，决心要帮助这些盲人朋友们。在一番思考与老师的指导下，刘沁同学以主体附加组合法为主要方法，将雨天地湿提示、夜至声光报警、前方障碍物语音报距提醒、手杖定位提醒多种功能组合到普通手杖上，制作出了专为盲人设计的手杖——"多功能导盲手杖"。该手杖参加2008年江苏省职业教育创新发明大赛，受到了专家评委们的一致肯定，从众多作品中脱颖而出，荣获一等奖。

二、知识讲解

1.组合思维的概念

组合思维是指把多项貌似不相关的事物通过想象加以联接，从而使之变成彼此不可分割的，新的整体的一种思考方式。组合思维又称"联接思维"或"合向思维"。

2.组合思维的特征

（1）创新性

组合思维最突出的特征就是它的创新性。许多事实告诉我们，组合思维法作为一种非常实用的创新方法，已广泛地运用到人类的社会生活中。有人统计了1900年以来的480项重大创新成果后发现，20世纪的三四十年代，创新成果是以突破型为主、组合型为次的；五六十年代，两者大体相当；80年代以后，突破型成果渐趋于次要，而组合型成果则开始占主导地位。

（2）广泛性

组合思维最普遍的特征就是它的广泛性。组合思维的应用涉及各行各业、生活中的方方面面，是十分普遍的现象。从浩瀚无垠的宇宙到分子、原子，从简单的数字排列到复杂的人体结构，从庞大的国家机器到家庭等，到处都存在组合的现象。例如，牙膏与中医药的组合创造出药物牙膏；手枪与消音器的组合创造出无声手枪；军舰与战斗机、机库的结合创造出了航空母舰，自行车与蓄电池、电动机的组合创造出了电动自行车……

（3）时代性和继承性

组合思维最鲜明的特征就是它的时代性和继承性。它继承了经典的、传统的科技与工艺，又与时俱进，在传统与经典之上进行组合创新，不断缔造出新的产品。例如，门锁的演变：挂锁、暗锁、弹子门锁、单保险锁、双保险锁、声控

职业院校创新发明与实践

锁、密码锁、指纹锁等。

3. 组合思维的形式

（1）同类组合

同类组合是由若干相同的事物组合在一起的思维方式，其目的是在保持事物原有功能或原有意义的前提下，通过数量的增加弥补功能的不足或取得新功能，产生新意义。这种新功能或新意义是原有事物单独存在时所缺乏的。同类组合的要素不发生质的变化，而是通过数量增加获得新成果。例如，鸡尾酒、情侣表、双层文具盒、四面取暖器、组合音响等。

（2）异类组合

异类组合是两种或两种以上不同领域的技术思想的组合、两种或两种以上不同功能物质产品的组合。组合对象（技术思想或产品）来自不同的方面，一般无主次关系。参与组合的对象从意义、原子、构造、成分、功能等任一方面和多方面互相渗透，整体变化显著。异类组合是异类求同的创新，创新性很强。例如，收录机、电子表笔、闪光装饰品、香味橡皮、音乐贺卡、电子秤等。

（3）重组组合

重组组合就是在事物的不同层次分解原来的组合，然后再按照新的目标重新安排的思维方式。它以重组作为手段，可以更有效地挖掘和发挥现有技术的潜力。如飞机的螺旋桨装在尾部就是喷气式飞机，装在顶部为直升机；过去电话送话器和听筒是分别安装的，将送话器与听筒连为一体，就是现在的电话机。积木、变形金刚、七巧板等玩具，都有利于儿童建立重组意识，培养重组能力。

（4）共享与补代组合

共享组合是指把某一事物中具有相同功能的要素组合到一起，达到共享之目的。例如，吹风机、卷发器、梳子共用同一带插销的手柄。瑞士军刀里的众多工具共用同一个刀鞘。

补代组合是通过对某一事物的要素进行摒弃、补充和替代，形成一种在性能上更为先进、新颖、实用的新事物。拨号式电话改为键盘式电话；收音机、电动剃须刀、手电筒、石英钟里干电池的补换。

（5）概念组合

概念组合就是以词类或命题进行的组合。其特点是在词语和词语之间、命题和命题之间，通过想象加以连接，实现组合创新。例如：绿色食品、阳光拆迁、阳光录取、音乐餐厅等。

（6）综合

综合是指为了完成重大课题，在已有的学科、原理、知识、方法、技术不能解决时，创造出新的学科、新的原理、新的方法和新的技术，并对其进行重新组织和安排的思维过程。运用综合这种创新方法最成功的国家是日本。日本的钢铁工业技术是非常先进的，它是将各种引进的技术加以综合的结果。日本人先后研究了奥地利的氧气顶吹炼钢技术、德国的炼钢脱氧技术、法国的高炉吹重油技术、美国和苏联的高炉高温高压技术、瑞士的连续铸钢技术，美国的带钢轧制技术等，把这些技术融为一体，从而有效地综合。

4.组合思维的方法

（1）主体附加法

主体附加法是指以某一特定的对象为主体，通过置换或插入其他技术或增加新的附件而使发明或创新诞生的方法。例如，笔记本是最常用的文化用品，销路不大。可是，以此为基础，附加上其他的功能后，成为"万用手册"，集记事本、备忘录、时间管理、皮夹与钥匙袋、地图、常用电话号码、区号等为一体。再如，电扇加定时器、电冰箱加温度显示器、彩色电视机上附加一个遥控器、带橡皮头的铅笔、含微量元素的食品等。

（2）二元坐标法

二元坐标法就是借用平面直角坐标系在两条数轴上的标点（元素），按序轮番地进行两两组合，然后选出有意义的组合物的创新方法，如图2-4所示。

在设标志时，叉表示无意义的联想；圈表示已实现的联想；三角表示有意义的联想；空白表示有疑问的联想。

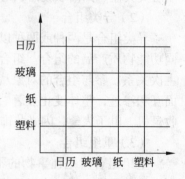

图2-4 二元坐标法

（3）焦点法

焦点法是以一预定事物为中心、为焦点，依次与罗列的各元素——构成联想

图2-5 焦点法

点，寻求新产品、新技术、新思想的推广应用和对某一问题的解决途径。它的实施过程：选择焦点。就是对所希望创新的事物，或者是准备推广的思想、技术，将其填入中心圆圈内。列举与焦点无关的事物或技术，填入周围的圆圈内，强行将中心圆与周围的小圆圈连接，得到多种组合方案。充分想象，对每种组合提出创造性的设想，最后筛选出新颖实用的最佳方案。如图2-5所示，如将玻璃纤维和塑料结合，可以制成耐高温、高强度的玻璃钢。

（4）形态分析法

形态分析法就是通过对研究对象相关形态要素的分列和重新组合，全面寻求各种解决问题方案的方法。例如，为公园游人设计出新颖别致的小游船。首先分析独立要素：船的外形、动力、材料，找出每一独立要素的解决途径。如材料可以选用木材、钢材、玻璃钢、塑料、水泥、铝合金、橡胶板等；动力可以采用划桨、脚踏螺旋桨、电动螺旋桨；外形可以用鸳鸯、鸭子、龙、画舫、鱼等动物，也可仿制古代战船、乌篷船。然后把这三种要素的各种再进行组合。

组合要求有广博的知识、丰富的实践经验、灵通的市场信息；要善于积累，勤于思索，思维触角向四处延伸，引发"共振"。可以说：组合的道路四通八达，组合的方法层出不穷。

三、教学实践

1.在"十"字上添加最多三笔，变成新的字，越多越好。

2.重组练习——中国的汉字重组。请给下面每个字各配一个字，再将两字拆一拆，拼一拼，变成一个常用语。

例：柱 +（反）=（主）（板）

动 +（　）=（　）（　）　　　挥 +（　）=（　）（　）

想 +（　）=（　）（　）　　　愧 +（　）=（　）（　）

杆 +（　）=（　）（　）　　　杳 +（　）=（　）（　）

体 +（　）=（　）（　）　　　河 +（　）=（　）（　）

3.举例说出日常生活中5种组合而成的物品。

4.主体附加法：在保留表中物体技术功能的前提下，能否通过加进其他一些技术或附件来改进功能、扩大品种？请你把考虑的结果尽量多地写出来，填于表2-3中。

表2-3　主体附加法

序号	主体	附　加
1	玻璃杯	
2	衣架	
3	自行车	
4	凳子	
5	雨伞	

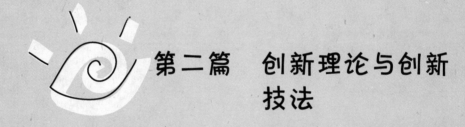

第二篇　创新理论与创新技法

第三章　创新发明经典理论

第一节　TRIZ理论体系

一、概述

"TRIZ理论"又称"发明问题解决理论"（也称"萃智理论"），是前苏联发明家G. S. Altshuller 创立的一整套发明创新理论。Altshuller及其团队在总结世界上200万份发明专利的基础上，总结出各种技术发展进化遵循的规律模式，以及解决各种技术矛盾和物理矛盾的创新原理与法则，建立了一个由解决技术问题，实现创新开发的各种方法、算法组成的综合理论体系，并综合多学科领域的原理和法则，建立起TRIZ理论体系。

Altshuller 认为，发明理论必须满足的条件是：自成体系并程序化；指导人们在很多方法中直接找到理想的发明方法；可重复和可靠的非心理学的方法；能直接访问发明知识库；能添加发明知识到知识库中等。

TRIZ理论的核心思想概括起来有以下三点。

（1）任何一个简单或复杂的技术系统都遵循客观的进化规律（S曲线）和模式（8个基本进化法则）。

（2）各种技术难题、冲突和矛盾的不断解决是推动这种进化过程的动力。

（3）技术系统发展的理想状态是用最少的资源实现最大数目的功能。

TRIZ理论的基本内容包括：创新思维方法与问题分析方法、技术系统进化法则、工程矛盾解决原理、发明问题标准解法和发明问题解决算法ARIZ 等。TRIZ理论体系结构如图3-1所示。

二、TRIZ理论

1. 创新思维方法与问题分析方法

创新思维方法有九屏幕法、小人法、金鱼法、STC算子和IFR法。问题分析方法也称物场分析法。

2. 技术系统进化法则

技术系统进化法则具体包括八个基本进化法则和一个S曲线。

通过八个基本进化法则，分析确认当前产品的技术状态，并预测未来发展趋势。具体来讲，八个基本进化法则就是：完备性法则、能量传递法则、协调性法则、动态性法则、子系统不均衡进化法则、向超系统进化法则、向微观级进化法则和提高理想度法则等。

技术系统的S曲线反映的是其性能参数和时间的关系，如图3-2所示。

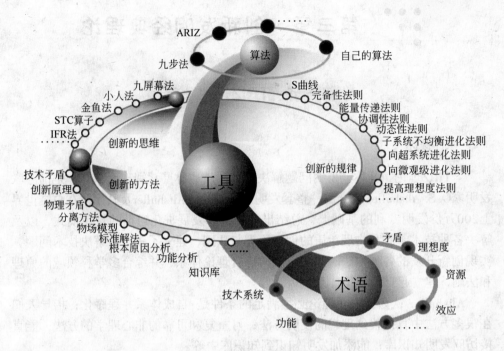

图3-1　TRIZ理论体系结构

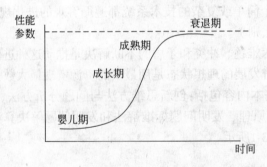

图3-2　S曲线

3. 工程矛盾解决原理

任何产品或技术系统都具有一个或多个功能，在产品研发和创新设计中，产品某方面性能的改进和提高可能会使另一方面性能受到影响，这就是创新设计中出现的各种矛盾。常见的工程矛盾可分为技术矛盾和物理矛盾。

所谓技术矛盾，是指技术系统中针对两个参数的矛盾。而物理矛盾则是指技术系统中针对一个参数的矛盾。

在对数以万计的专利技术研究中发现，表述产品或技术系统通用工程参数共有39项，见表3-1。这39项通用工程参数大致可归纳为几何参数（如长度、面积、体积、形状、精度等）、物理属性（如重量、速度、压力、温度、强度、功率等）、系统特性（如可靠性、适应性、制造性、操作性、监控性、自动化程度等）三大类。

职业院校创新发明与实践

表3-1　39项通用工程参数

序号	名　称	序号	名　称
1	运动物体的重量	21	功率
2	静止物体的重量	22	能力损失
3	运动物体的长度	23	物质损失
4	静止物体的长度	24	信息损失
5	运动物体的面积	25	时间损失
6	静止物体的面积	26	数量
7	运动物体的体积	27	可靠性
8	静止物体的体积	28	测试精度
9	速度	29	制造精度
10	力	30	敏感性
11	应力或压力	31	有害因素
12	形状	32	可制造性
13	结构的稳定性	33	可操作性
14	强度	34	可维修性
15	运动物体作用时间	35	适应性
16	静止物体作用时间	36	复杂性
17	温度	37	可监控性
18	光照度	38	自动化程度
19	运动物体的能量	39	生产率
20	静止物体的能量		

　　工程矛盾解决原理通常包括1个矛盾矩阵原理、40个发明原理和11个分离方法。

　　（1）1个矩阵原理：即用39项通用工程参数构成的39×39矩阵表格，用来查找创新原理编号以解决技术矛盾。基本原理如图3-3所示。

　　（2）40个发明原理：其名称、原理、典型案例见表3-2。这40个发明原理也可用来解决技术矛盾。

　　（3）4个分离原理：物理矛盾的分离方法有4种基本类型，即空间分离、时间分离、条件分离和整体与局部分离。

　　① 空间分离是指将矛盾双方在不同的空间分离以降低解决问题的难度。如测量海底时，海轮的船体与声呐探测器既应在一起又不能在一起，将声呐探测器与船体空间分离，用缆绳牵引分离以防止干扰，提高测试精度。

　　② 时间分离是指将矛盾双方在不同的时间分离，以降低解决问题的难度。如将飞机机翼设计成可调的活动机翼，以适应在飞行中各个时间段的不同要求。

改善的参数＼恶化的参数	21 功率	22 能量损失	23 物质损失	24 信息损失	25 时间损失	26 物质的量	27 可靠性	28 测量精度	29 制造精度	30 作用于物体的有害因素	31 物体产生的有害因素
1. 运动物体的重量	12,36,18,31	6,2,34,19	5,35,3,31	10,24,35	10,35,20,28	3,26,18,31	3,11,1,27	28,27,35,26	28,35,26,18	22,21,18,27	22,35,31,39
2. 静止物体的重量	15,19,18,22	18,19,28,15	5,8,13,30	10,15,35	10,20,35,26	19,6,18,26	10,28,8,3	18,26,28	10,1,35,17	2,19,22,37	35,22,1,39
3. 运动物体的长度	1,35	7,2,35,39	4,29,23,10	1,24	15,2,29	29,35	10,14,29,40	28,32,4	10,28,29,37	1,15,17,24	17,15
10. 力	19,35,18,37	14,15	8,35,40,5		10,37,36	14,29,18,36	3,35,13,21	35,10,23,24	28,29,37,36	1,35,40,18	13,3,36,24
11. 应力，压强	10,35,14	2,36,25	35,29,3,5		37,36,4	10,14,36	10,13,19,35	6,28,25	3,35	22,2,37	2,33,27,18
12. 形状	4,6,2	14	14,30,40		14,10,34,17	36,22	10,40,16	28,32,1	32,30,40	22,1,2,35	35,1
13. 稳定性	32,35,27,31	2,36,25	35,24,18,5		35,27	15,32,35	13	18	35	22,2,37	2,35,6
14. 强度	10,26,35,28	35	35,28,31,40		29,3,28,10	29,10,27	11,3	3,27,16	3,27	18,35,37,1	15,35,22,2
15. 运动物体的作用时间	19,10,35,38		28,27,3,18	10	20,10,28,18	3,35,10,40	11,2,13	3	3,27,16,40	22,15,33,28	21,39,16,22
16. 静止物体的作用时间	16		27,16,18,38	10	28,20,10,16	3,35,31	34,27,6,40	10,26,24		17,1,40,33	22
17. 温度	2,14,17,25	21,17,35,38	21,36,29,31		35,28,21,18	3,17,30,39	19,35,3,10	32,19,24	24	22,33,35,2	22,35,2,24
18. 照度	32	13,16,1,6	13,1	1,6	19,1,26,17	1,19		11,15,32	3,32	15,19	35,19,32,39
19. 运动物体的能量消耗	6,19,37,18	12,22,15,24	35,24,18,5		35,38,19,18	34,23,16,18	19,21,11,27	11,15,32	3,32	1,35,6,27	2,35,6
20. 静止物体的能量消耗	41,42,43,44,45,4E		28,27,18,31			3,35,31	10,36,23			10,2,22,37	19,22,18
21. 功率	41,42,43,44,45,4E	41,42,43,44,45,4E	41,42,43,44,45,4E	41,42,43,44,45,4E	41,42,43,44,45,4E	35,38,16	19,24,26,31	32,15,2	41,42,43,44,45,4E	19,22,31,2	2,35,18
22. 能量损失	3,38	41,42,43,44,45,4E	35,27,2,37	19,10	10,18,32,7	7,18,25	11,10,35	32	3,35	21,22,35,2	21,35,2,22
23. 物质损失	28,27,18,38	35,27,2,31	41,42,43,44,45,4E	41,42,43,44,45,4E	15,18,35,10	6,3,10,24	10,29,39,35	16,34,31,28	35,10,24,31	33,22,30,40	10,1,34,29
24. 信息损失	10,19	19,10	41,42,43,44,45,4E	41,42,43,44,45,4E	24,26,28,32	24,28,35	10,28,23	22,10,1	10,21,22	32,24,18,16	10,21,22
25. 时间损失	35,20,10,6	10,5,18,32	35,18,10,39	24,26,28,32	41,42,43,44,45,4E	35,38,18,16	10,30,4	24,34,28,32	24,26,28,18	35,18,34	35,22,18,39
26. 物质的量	35	7,18,25	6,3,10,24	24,28,35	35,38,18,16	41,42,43,44,45,4E	18,3,28,40	13,2,28	33,30	35,33,29,31	3,35,40,39
27. 可靠性	21,11,26,31	10,11,35	10,35,29,39	10,28	10,30,4	21,28,40,3	41,42,43,44,45,4E	32,3,11,23	11,32,1	27,35,2,40	35,2,40,26
28. 测量精度	3,6,32	26,32,27	10,16,31,28	24,28,35	32,26,28,18	2,6,32	5,11,1,23	41,42,43,44,45,4E	28,33,23,26	28,24,22,26	3,33,39,10
29. 制造精度	32,2	13,32,2	35,31,10,24		32,26,18	32,30	11,32,1	32,2	41,42,43,44,45,4E	26,28,10,36	4,17,34,26
30. 作用于物体的有害因素	19,22,31,2	21,22,35,2	33,22,19,40	22,10,2	35,18,34	35,33,29,31	27,24,2,40	28,33,23,26	26,28,10,18	41,42,43,44,45,4E	
31. 物体产生的有害因素	2,35,18	21,35,22,2	10,1,34	10,21,29	1,22	3,24,39,1	24,2,40,39	3,33,26	4,17,34,26		41,42,43,44,45,4E
32. 可制造性	27,1,12,24	19,35	15,34,33	32,24,18,16	35,28,34,4	35,23,1,24	1,35,12,18	1,35,12,18	1,32,13,11	24,2	
33. 操作过程的方便性	35,34,2,10	2,19,13	28,32,2,24	4,10,27,22	4,28,10,34	12,35	17,27,8,40	25,13,2,34	1,32,35,23	2,25,28,39	

图3-3 矛盾矩阵

表3-2　40个发明原理

序号	发明方法	发明原理	典型案例
1	分割	a. 把一个物体分成几个独立的部分 b. 把物体变成可组合的 c. 增加物体的自由度	组合式家具；模块化计算机组件；可折叠木尺；花园里浇水的软管可以接起来以增加长度等
2	抽取	a. 从一个物体上抽取（去除或分割）有问题的部分 b. 仅抽取有用的部分	为了在机场驱鸟，使用录音机来放鸟的叫声（声音从鸟身上分离出来）
3	局部质量	a. 从同一类结构的物体/外部环境/作用变换到不同类结构的物体/外部环境/作用 b. 让物体不同的部分承担不同的功能 c. 把物体的每个部分都置于利于其发挥作用的最适合的条件下	为了在采煤中防止煤尘飞扬，就要在掘进机和储运机上喷水雾，水滴越小，抑尘效果越好。但水滴小会影响机械工作，于是就在小水雾层外面裹上大水滴的水雾层 带橡皮的铅笔
4	增加不对称	a. 用不对称形代替对称形 b. 如果一个物体已经对称了就增加其对称自由度	加强轮胎一侧的强度以承受路边的冲击 通过一个对称形的漏斗卸载湿黄沙时，会在漏斗上部形成拱形，造成黄沙不规则流动；用一个不对称形的漏斗就可以消除这种拱形
5	组合合并	a. 混合在空间上类同的物体或有相近趋势的物体 b. 混合在时间上类同或有相近趋势的做法	在冻土上进行掘进作业，就要在掘进机上加上一个蒸汽喷管以融化冻结的地面
6	多用性	使物体具有多重功能，以消除对其他物体的需求	可变成床的沙发；工具车上的后排座可以坐、靠背放倒后可躺、折叠起来可以装货
7	嵌套	a. 让物体一个个依次包融起来 b. 把一个物体放在另一个物体的空腔中	望远天线 椅子可以一个个叠起来以利存放 活动铅笔里存放笔芯
8	重量补偿	a. 把一个带有上升力的物体和一个重物组合在一起以抵消重物的重量 b. 通过环境提供的空气动力或水动力来平衡物体的重量	水翼艇 赛车上增加后翼以增大车辆的贴地力
9	预先反作用	a. 先施加反作用力 b. 物体在承受张力或要承受张力的情况下，先施加一个压力	预应力混凝土楼板或柱子 预应力轴是由几个预先扭了特定角度的管子组成
10	预先作用	a. 预先加上所有或部分所需的作用力 b. 把物体预先放置在一个合适的位置以让其能及时地发挥作用	把刀放在刀鞘中以保护刀锋 橡皮泥很难快速均匀地成形，可把它放到成形模中以利快速成形并节省材料

序号	发明方法	发明原理	典型案例
11	事先防范	为补偿物体的低可靠性，则预先加上一些反作用措施	商品上加上磁性条来防盗
12	等势	改变物体的工况以使之不上升或不下降	汽车发动机换机油时，工人只要把车开到维护槽上进行维修即可，不必使用任何起重设备
13	反向作用	a. 对于一些特定问题的处理方法，可以用反向操作法 b. 让物体的移动部分或外部环境停下来，而让不动的部分动起来 c. 让物体上下颠倒	研磨物体时需要振动物体
14	曲率增加	a. 用曲线或曲面替换直线或平面，用球体替代立方体 b. 使用圆柱体、球体或螺旋体 c. 用旋转运动来代替直线运动；利用离心力	计算机鼠标用一个球体来传输 X 和 Y 两个轴方向的运动
15	动态特性	a. 在物体变化的每个阶段让物体或其环境自动调整到最优状态 b. 把物体分成几个元素，使各元素间可以相互转换 c. 物体不动则让其动起来，反之亦然	可以灵活转动灯头的手电筒 圆柱形的运输工具，为减小出货工作量和装载难度，把容器形状设计成两个铰接半圆柱形，以利装卸
16	未达到或过渡作用	如果不能达到100%的应用效果，就根据实际情况让物体变大或变小来最大限度地简化问题	用沉浸法油漆一个圆柱体侧壁时，油漆会很均匀，但会产生底面上漆的现象，解决方法是让圆柱体旋转起来进行油漆 要让金属粉末均匀地充满一个容器，就让一系列漏斗排列在一起以达到近似均匀的效果
17	一维变多维	a. 在直线上沿两维运动物体以解决问题 b. 用多层装配体来替换单层装配体 c. 倾斜物体或把物体翻转到一侧	花房朝北的区域加上一个反射镜来加强此区域白天的光照效果
18	机械振动	a. 让物体振动起来 b. 一有振动存在就加大振动频率，甚至至超声区 c. 利用共振 d. 用压电振动代替机械振动 e. 超声振动要结合电磁场区域	要切除体内的结石而又不伤及皮肤，就可以用超声刀来代替手术刀 通过振动铸模来提高填充效果和零件质量

职业院校创新发明与实践

序号	发明方法	发明原理	典型案例
19	周期性动作	a. 变持续性作用为周期性（脉冲）作用 b. 如果作用已经是周期性的，就改变其频率 c. 在脉冲中套脉冲以达到其他效果	用冲击扳手拧松一个锈蚀的螺母时，就要用脉冲力而不是持续力 报警灯使用脉冲方式比其他方式效果更好
20	有效作用的连续性	a. 对一个物体所有部分施加持续有效的作用 b. 去掉无用的运动	带有切削刃的钻头可以进行正、反向的切削
21	减少有害作用的时间	在高速中施加有害或危险的动作	在切断管壁很薄的塑料管时，为防止塑料管变形就要使用极高速运动的切割刀具，在塑料管未变形之前完成切割
22	变害为利	a. 利用有害因素或环境去包含有利因素 b. 通过混合其他不利因素来去除有害因素 c. 增加有害因素的数量直至其消失	在冰冷的天气条件下运输沙子会使其结块，可用深冷的方法（用液氮）使冰破碎，沙子就容易传送了 用高频电流加热金属时，只有外层金属被加热，这一现象后来被用做表面热处理
23	反馈	a. 引入反馈 b. 如果反馈已经存在，则反其道而行之	水箱中水位偏低就由一个传感器测出并控制电机向水箱泵水 要把冰水混合后的重量控制好，由于冰的重量难以分配准，就要先测冰的重量，然后把冰的重量反馈给水控制设备而得到精确的结果
24	借助中介物	a. 引入中间物来传输或承载作用 b. 临时将一个物体和一个易去除的物体连起来	为减少电流通过液体金属的能量损失，就要引入冷却电极和较低熔融温度的金属作为中间物
25	自服务	a. 使物体具有自我服务的功能并带上辅助物和维修的作用 b. 利用废弃物和剩余能量	为防止镀层磨损后用磨料来研磨，就在其表面放上研磨材料 对于电焊枪，焊条的进给是通过一个特殊的装置来控制的。为了简化系统，焊条是通过一个螺线管由焊接电流来控制
26	复制	a. 使用一个简单便宜的物体的复制体来代替复杂、昂贵、易坏或使用不便的物体 b. 用物体的影像复制下来去替换物体，并可进行放大和缩小 c. 如果物体的光学影像已经存在，就用红外或紫外影像去替换它	测量高的物体时，可以用测量其影子的方法

第三章　创新发明经典理论

序号	发明方法	发明原理	典型案例
27	廉价替代品	用便宜、可丢弃的物体替换昂贵的物体	纸尿布
28	机械系统替代	a. 用声学、光学、嗅觉系统替换机械系统 b. 用电、磁或电磁场来共同作用于物体 c. 替换作用场： ● 带有移动作用场的固定作用场 ● 带有随时间变化的固定作用场 ● 带有结构化作用场的随机作用场 d. 利用铁磁粒子相关联的作用场	为增加金属和塑料的黏结力，引入电磁场作用于金属
29	气压或液压结构	用气体或液体替换物体的固体部分	为增加工业烟囱的效率，在其口部加上一个螺旋形的管路，当风流过管路时形成一堵风墙，以减少阻力 在运输易碎产品时，要使用充气泡材料
30	柔性壳体或薄膜	a. 用隔膜或薄片来替代传统结构 b. 用隔膜或薄片把物体从其环境中隔离开	为防止水从植物的叶片上蒸发，将一种聚乙烯材料喷涂在叶片上，凝固以后就会在叶片上形成一层保护膜。它既透气又防水
31	多孔材料	a. 使物体多孔或在其表面、内部等区域加上多孔材料 b. 如果物体已经是多孔的，就预先用其他材料把孔填上	为避免冷却机械时输送冷凝剂，机械中的一些零件就采用多孔材料，里面充满了冷凝剂，机械启动时冷凝剂蒸发，以达到短时有效的冷却效果
32	改变颜色	a. 改变物体或其环境的颜色 b. 改变物体的透明度使之难以被发现 c. 使用颜色添加剂或方法来发现物体或使之难以发现 d. 如果已经使用添加剂，则使用发光追踪剂	透明绷带可以让人们不打开绷带即能检查伤口 轧钢时用水幕来阻止钢铁产生的红外线对工人的伤害，但同时它也阻挡了可见光，为了让工人既能看到轧钢情况又不受伤害，于是就在水中加入颜料让它过滤红外光，而保持可见光的透光性
33	同质性	在相同的材料或相近的材料中，把那些具有相互作用的基本对象提取出来	需要研磨的刀刃曲面是指刀刃需要恢复其切削功能的曲面
34	抛弃或再生	a. 当零件完成其功能或变得没有用时，放弃它或改变其元素 b. 当物体要耗尽时，马上恢复其功能	子弹射出后，弹壳就被抛掉 火箭助推器用完后就抛掉
35	物理化学参数变化	改变物体的聚合状态、密度分布、灵活度、温度	在脆性材料的连接中，螺钉的表面要用弹性材料并配上两个弹簧
36	相变	在物质转换过程中进行有效的开发，如改变体积的过程会放热或吸热	为防止管路膨胀，把它充满水后冷冻起来

职业院校创新发明与实践

序号	发明方法	发 明 原 理	典 型 案 例
37	热膨胀	a. 利用散热或导热的材料 b. 利用不同传导率的材料	为方便花房天窗的开关，窗板要使用双相金属板来防止变形
38	加速氧化	a. 用压缩空气来替换普通空气 b. 用纯氧替换压缩空气 c. 用电离辐射对在空气或氧气中的物体进行处理 d. 使用电离氧	为让火炬放出更多的热量，就要向火炬充氧
39	惰性环境	a. 用惰性环境来替换普通环境 b. 在真空中进行处理	为防止棉花在仓库中着火，可向仓库中充惰性气体
40	复合材料	用复合材料来替换单一材料	为增加强度，减轻重量，军用飞机的机翼采用塑料和碳纤维组成的复合材料

③ 条件分离是指将矛盾双方在不同的条件下分离，以降低解决问题的难度。如将水的射流条件分离，给予不同的射流速度和压力，即可获得"软"的或"硬"的不同用途的射流，如用于洗澡、按摩等。

④ 整体与局部分离是指将矛盾双方按不同的系统级别分离，以降低解决问题的难度。如采用柔性生产线，可以分别满足大众化和个性化市场需求的不同要求。

基于4个分离原理可以归纳出11种技术系统存在的物理矛盾分离方法，它们是：

① 矛盾特性的空间分离；

② 矛盾特性的时间分离；

③ 将同类系统或异类系统与超系统结合；

④ 将系统转换为反系统，或将系统与反系统相结合；

⑤ 系统具有一种特性，其子系统有与之相反的特性；

⑥ 将系统转换到微观级系统；

⑦ 系统中的状态交替变化；

⑧ 系统由一种状态转换为另一种状态；

⑨ 利用系统状态变化所伴随的现象；

⑩ 以具有两种状态的物质代替具有一种状态的物质；

⑪ 通过物理和化学的转换使物质状态转换。

【典型案例3-1】

现代社会十字路口的交通畅通非常重要，道路必须交叉和不能交叉的物理矛盾非常突出，应用分离原理可以这样来解决。

① 空间分离:在十字路口修建立交桥,实行各行其道。

② 时间分离:在十字交叉路口设置红绿灯,实行分时错行。

③ 条件分离:在十字路口修建转盘,营造分流条件。

④ 系统分离:将十字路口设成两个分开一定距离的丁字路口,延缓一个方向的行车速度,加大与另一个方向的避让距离。

4. 发明问题标准解法

我们知道,每个产品或技术体统的出现都是为了实现某种功能,而所有的功能总可以分解为三个基本要素,即两种物质和一个场。通俗来讲,就是该产品或技术用在什么地方?基本结构或技术组成如何?怎么用?前两个问题可以抽象成物质1和物质2,后一个问题可以抽象成某种具有机械、热力、化学、电场、磁场、重量场等的功能场。这就是所谓的物—场模型,物质1、物质2和场也可以用一个正三角形来表示。

 【典型案例3-2】

发明吸尘器。物质1可以是地毯、地板等,也可以是沙发、桌椅甚至是衣物、被褥等;物质2可以是机械手、空气机、真空管道、静电装置、塑料扫把等装置。那么通电吸尘动作过程的实现则是机械场、电磁力或静电力等场作用的结果。改变这三要素的任意关系和组织形式则可方便地创新出新的产品和技术。

发明问题标准解法针对标准发明问题的物—场模型(substance-field),分别对应有标准的模型处理方法,包括模型的修整、转换、物质与场的添加等。标准解法共有76个,根据发明问题的难易程度分成5个等级。发明问题标准解法主要适用于解决技术矛盾、标准发明问题和相对简单的发明问题。

5. 发明问题解决算法ARIZ

发明问题解决算法ARIZ用于求解复杂的非标准发明问题,如四、五级的问题,其目的是为了解决问题的物理矛盾。该算法主要针对问题情境复杂、矛盾及其相关部件不明确的技术系统。

ARIZ算法解决发明问题的流程如图3-4所示。

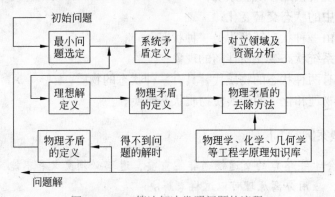

图3-4 ARIZ算法解决发明问题的流程

第二节　TRIZ理论应用

一、国内外应用现状

据统计，企业应用TRIZ理论与方法，可以增加80%~100%的专利数量并提高专利质量；可以提高新产品开发效率60%~70%；可以缩短产品上市时间50%。

2003年，亿维讯公司在国内推出了TRIZ理论培训软件CBT/NOVA和成套的培训体系，同时推出了基于TRIZ理论，辅助企业技术创新的Pro/Innovator软件，开始在近百所高校举办TRIZ讲座；2004年，亿维讯公司与国际TRIZ协会合作，将TRIZ国际认证引入中国。2006年，亿维讯公司建立了专业的培训中心和符合国际标准的培训体系，并提供一套完整的计算机辅助创新解决方案，为快速提升我国的创新技术水平提供了技术上的支持。

2005年，中兴通讯公司与亿维讯公司合作，对来自研发一线的25名技术骨干进行了为期5周的TRIZ理论与方法培训，结果在21个技术项目上取得了突破性进展，6个项目已申请相关专利。

TRIZ理论在国外也获得了非常广泛的推广和应用，很多企业和组织因此获得丰厚的经济效益和巨大的国际专利市场。西门子公司拥有自己的TRIZ组织，2007年因此增加收益1800万美元。Intel公司在半导体行业的专利数量占世界第一，TRIZ受训人员达数千人，2007年增加收益2400万美元。韩国的三星集团是亚洲地区利用TRIZ创新理论取得成功的最为典型的企业。2003年，三星集团在67个研究开发项目中使用了TRIZ，为三星集团节约了1.5亿美元，并产生了52项专利技术。到2005年，三星集团的美国发明专利授权数量在全球排名第5，领先于日本竞争对手索尼、日立等公司。目前，三星集团是在中国申请发明专利最多的国外企业，三星产品发展路线如图3-5所示。

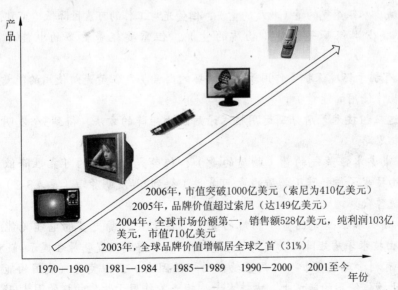

2006年，市值突破1000亿美元（索尼为410亿美元）
2005年，品牌价值超过索尼（达149亿美元）
2004年，全球市场份额第一，销售额528亿美元，纯利润103亿美元，市值710亿美元
2003年，全球品牌价值增幅居全球之首（31%）

1970—1980　1981—1984　1985—1989　1990—2000　2001至今

图3-5　三星产品发展路线图

二、典型应用案例

 【典型案例3-3】 飞利浦灯泡制造技术改进

（1）问题描述

荧光灯的发光原理是，荧光灯管中充满了水银蒸气，灯管内壁涂有荧光剂，水银蒸气在高压条件下使电子激发出来，部分电子撞击荧光剂后发出白光。荧光灯在长期使用的情况下，往往亮度变弱。这是由于真空玻璃管吸收水银蒸气，造成管中的水银蒸气不断减少。这不仅削弱了荧光灯的亮度，而且缩短了荧光灯的寿命。由此可见，如果管内水银蒸气量过少，会降低荧光灯工作的可靠性，使产品在市场上缺乏竞争力。由于对真空玻璃管的水银吸收率缺乏真实的统计数据，以及不精确的制造技术，传统的荧光灯往往填充过量的水银蒸气，造成了物质上的浪费。如果荧光灯管破损，大量的水银蒸气释放出来，对环境和人体的损害是非常大的。但是，降低管内的水银蒸气量会增加电能的耗费。因为为了保证亮度，需要增加能量以激发出更多的电子。

（2）系统存在的技术矛盾

① 为了保证荧光灯亮度的稳定性，不得不增加水银蒸气的量；但是为了利于环境保护，就要减少水银蒸气的量，结果却降低了荧光灯工作的可靠性，增加了能量的耗费。

② 对水银蒸气的量同时具有多和少的要求。

（3）解决思路和关键步骤

本例可以使用TRIZ矛盾矩阵和原理来分析、解决问题。①使系统性能提高的技术特性是：物质的量，作用于物体的坏的因素。②使系统性能降低的技术特性是：可靠性，能量的浪费，静止物体使用的能量。

这样，得到以下三组技术矛盾。

① 减少水银蒸气的量（物质的量），但荧光灯工作的可靠性降低（可靠性）。

② 减少水银蒸气的量（物质的量），但需要耗费更多的电能（能量的浪费）。

③ 有利于环境保护（作用于物体的坏的因素），但荧光灯使用的能量增加了（静止物体使用的能量）。

对这三组技术矛盾分别运用技术矛盾解决矩阵的方法，得到3个发明原理提示以开拓思路。

① 减少水银蒸气的量（物质的量），但荧光灯工作的可靠性降低（可靠性）。由技术矛盾矩阵（物质的量/可靠性）得到28#发明原理（见表3-2）提示：机械系统替代。

② 减少水银蒸气的量（物质的量），但需要耗费更多的电能（能量的浪费）。由技术矛盾矩阵（物质的量/能量的浪费）得到7#发明原理提示：嵌套。

③ 有利于环境保护（作用于物体的坏的因素），但荧光灯使用的能量增加了（静止物体使用的能量）。由技术矛盾矩阵（作用于物体的坏的因素/静止物

职业院校创新发明与实践

使用的能量）得到37#发明原理提示：热膨胀。

最终结果：在创新过程中应用了7#、28#和37#发明原理。应用7#发明原理的解决方案：在真空管的里面内嵌一个玻璃囊。应用28#发明原理的解决方案：用高频的电磁场来打破这个玻璃囊。应用37#发明原理的解决方案：利用金属线和玻璃囊的热膨胀系数的不同释放水银蒸气。

（4）技术总结

经过计算满足性能要求的最小剂量的水银蒸气被密封在玻璃囊中。在玻璃囊的内壁上嵌着金属线圈。该玻璃囊被内嵌在真空管的一端。荧光灯被制造出来后，通过一个高频的电磁场来加热玻璃囊。由于玻璃囊和金属线圈的热膨胀系数不一样，使得金属线圈能够切断玻璃囊，释放出水银蒸气。同一般的荧光管相比，用这种新的制造技术，至少可以减少75%的水银含量，减少了对环境的污染。

【典型案例3-4】 提高电容量的又一方法

（1）应用背景

在DRAM（Dynamic Random Access Memory，动态随机存储器）设备中，信息是储存在MOS（Metal-Oxide-Semiconductor，金属氧化物半导体）集成电路板的半导体电容器里。

（2）问题描述

目前随着设备尺寸的不断减小，电容器容量受到了限制。需要寻找一种方法，能在缩小电容器尺寸的同时，提高其电容量。

（3）解决方法

17#创新原理——"一维变多维"是矛盾矩阵推荐的方案之一。如图3-6所示，可以在电容器的两个电极间按一定的间隔排列一些比电容器尺寸小得多的凹槽和突起，这样就大大增加了电极的表面积，电容量会大大增加，而且不会多占用半导体的空间。

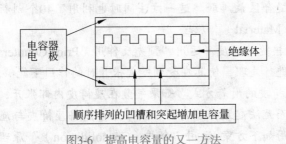

图3-6　提高电容量的又一方法

（4）技术总结

通过交叉间隔排列，增大电容有效面积的方法具有极高的可行性和实用性，并且能在容量不变的情况下大大减少电容的体积和线路板的制造成本。

【典型案例3-5】 防止安全气囊自由张开的技术

（1）应用背景

目前，在正面碰撞事故中保护乘员安全的前部正面安全气囊技术已经相当成熟，但为了有效地保护侧面碰撞中乘员的安全，有必要开发并安装相应的侧面安全气囊。大多数汽车制造商都打算把气囊安装在座椅皮里面，这种安装方式的优点是显而易见的，安装方便并能最有效地保护车内人员

（2）问题描述

发生侧面碰撞时，气囊必须穿破座椅皮，才能张开而保护乘员的安全；但在平时，要求座椅皮有很好的强度，不易开裂。各大汽车生产商虽然进行了多次试验和尝试，仍然没有很好地解决这一对矛盾。为此，有专家尝试运用TRIZ理论解决这一矛盾。

运用TRIZ语言描述这一问题就是：气囊可以自由穿出并张开，座椅皮对其没有阻碍。

（3）解决措施

应用TRIZ理论，我们可以从以下四个方面考虑。

① 改进缝合设计。这是最容易想到的方法。运用TRIZ理论中技术系统进化法则中的提高柔性法则：将缝合处的连接由固定的"线"连接改为"扣"连接，如把缝合处的座椅皮叠合在一起，以"扣合力"加以连接。在正常使用中，这类连接能够提供足够的张力，而在气囊张开时产生的向外的垂直作用力下，叠合在一起的座椅皮又能够迅速脱离约束，不阻碍气囊的张开。

② 采取措施使张开时的能量集中在连接缝上。运用TRIZ理论的40个创新原理中的"反向作用（Do It in Reverse）"：如果要使缝合区最薄弱，通常会把着眼点放在缝合方式上。而利用这一原理，可以通过使缝合区的强度弱化达到使其最薄弱的目的。如在气囊的座椅皮穿出区域上开孔，然后用其他织物连接在座椅皮的孔的边缘上，两片织物就像孔的两扇窗户；两织物之间也用缝合的方式连接，这样就能够使缝合区最薄弱。这一方法同时也利用了40个创新原理中的"复合材料（Composite Material）"原理。

③ 降低连接缝的强度。运用"预先反作用（Prior Counteraction）"原理，对缝合用线预先进行处理，使其在受到气囊张开时的作用下能够容易绷断。

④ 改善座椅皮的附着方式。如果气囊在座椅皮内部张开，将可能导致气囊不能穿出座椅皮而无法起到保护作用，因此应考虑将座椅皮与座椅更紧密地连接在一起。可以采用如下方案：运用"合并（Consolidation）"原理，将座椅皮和座椅内的填充物黏合在一起，从而改善座椅皮的附着方式。

（4）技术总结

实践证明，上述创新设计思想已逐步推广应用在汽车制造技术中。

【典型案例3-6】 一种多功能坑井防护盖板（专利号：200810137191.0）

（1）应用背景

在生产和市政设施中，吊物孔和检修井均用盖板覆盖，用来防止人员及杂物坠落坑井内。当工作人员将这些坑井的盖板打开进行相应的工作时，为了防止坠落的发生，采用的安全措施是用临时"安全拦网"等措施将打开的坑井围起来，以提醒在坑井附近作业的工作人员及过往人员注意人身安全，避免坠落。

（2）问题描述

临时安全拦网受自身条件所限，只能拦阻重量较轻、体积较大的物品，对于人员、较重的物品以及体积较小的物品无法进行有效的拦阻，所以围在打开了的坑井四周的"安全拦网"只起到了警示效果，并未真正起到安全拦阻的作用，属于软防护。软防护不能从根本上消除安全隐患，如图3-7所示。

图3-7 临时安全网

（3）解决措施

应用TRIZ理论的物—场分析法解决问题。

① 技术系统分析。在原始问题——坑井作业技术系统中，坑井是工具，作用对象（系统作用的客体）是人（或物），坑井通过机械场（势能）对人作用，坑井对人（或物）的作用是有害的作用。希望该技术系统能有效防止坠井事故的发生。在作业时，井盖需要移走，坑井及坑井周围是操作空间，人需要进入坑井作业，又要避免过往行人坠入坑井，存在明显的矛盾。

通过以上分析可以认为，坑井作业技术系统的物—场模型属于有害完整模型：功能的三个要素均存在，但产生了与设计者追求的目标相反的效果。坑井作业技术系统的物—场模型如图3-8所示。

机械场F

坑井S_1 ⟶ 人S_2

图3-8 系统物—场模型

② 物—场分析法在坑井安全作业中的应用。在有害物—场中，如果存在相互矛盾的相互作用——既有益又有害，那么需要破坏有害的，保留有益的。根据物—场破坏的规则：如果物场中的两个物质之间出现相互关联——有益和有害

的，而且物质的直接接触不是必须的，则解决问题的方式可以是把第三个"免费的"或便宜的物质引入到两个物质之间。作业人员需要通过坑井作业，打开盖的坑井又有可能造成过往行人坠落，解决这个物理矛盾，可用空间分离，加入第三个物质，在坑井及其周围形成操作空间，第三个物质把过往行人与操作空间隔离，从而破坏了坑井对人的有害作用，在操作空间内作业人员可以进行坑井作业，从而保留了有益的作用。物—场模型转换如图3-9所示。

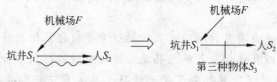

图3-9　物—场模型转换

根据上述物—场模型转换分析，可以获得以下解决措施。

方案1：采用了警示锥（或安全拦网）作为第三种物质，只能起到警示作用，对于人员、较重的物品以及体积较小的物品无法进行有效的拦阻，即这种安全防护作用是弱的，是不充分的。

方案2：应该强化第三种物质的安全防护作用，彻底消除坑井对人的有害作用。加入的第三种物质最好是免费的、便宜的，通过对该技术系统及其子系统、超系统的资源分析，坑井的井盖可作为重要的物质资源和功能资源，再利用坑井及其周围的空间资源。非作业时，盖板起到覆盖坑井作用；坑井作业时，盖板起到防护作用，同时，盖板与护栏、护板共同形成硬防护，有效地防止了坠井事故的发生。将安全组合盖板作为加入的第三个物质。

方案1和方案2的物—场分析模型如图3-10所示。实物设计如图3-11所示。

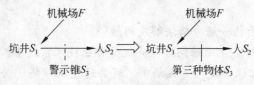

图3-10　两种方案的物场分析

图3-11　多功能坑井防护盖板专利应用

（4）技术总结

在解决方案中，充分利用了嵌套原理，护栏与盖板可以嵌套组合，并充分利用了盖板背面的空间资源。

三、教学实践

根据TRIZ理论的40个发明原理，参考表3-2中的说明和案例，结合本专业知识再各举一例，说明可以应用该原理来分析和设计。

第四章 创新与发明实用技法

从TRIZ理论的40个发明原理中可以分离出组合法、批判法、变性法、逆归法、移植法和专利法六种最常用的创新与发明技法，这些实用技法同样适用于职业创新教育实践和各级各类科技辅导活动。在学习这些方法时要注重实战和应用，不必苛求其理论的严密性和独立性。我们相信，掌握本章的发明技法，再结合前面所学的创新思维和自身的专业技能，一定有助学生在今后的创新发明实践中游刃有余，大显身手。

第一节 组 合 法

一、基本概念

所谓组合法，是指将两个或两个以上已有的技术原理或物品通过巧妙结合或重新组合，从而获得整体功能的新技术、新产品的创造发明方法。严格来讲，任何事物之间都可以用某种形式或形态建立联系，但建立联系的目的和意义要看是否具有新颖性、实用性和科学性了。如车，可以分别和衣、房、厨、车等组合，创新出车衣、房车、流动餐车和拖挂车等。

二、应用说明

组合法是创新发明实践活动中最简单、最常用的方法，常应用的组合法有自身组合、边缘组合、另类组合和重新组合四种。

1.自身组合

自身组合法具体是指相同事物的自我叠加获得新功能的方法，其结构形式如："A+A"。如笔+笔、车+车、电话机+电话机等。"笔+笔"可以组合成双芯圆珠笔笔或多色绘图笔等；"车+车"可以组合成平板拖车、挂车、双头列车等；"电话机+电话机"可以组合成子母机等。总之，只有产生新功能的自我叠加才能称做技术创新或发明创造；那种蜂窝式简单叠加不改变原有功能的行为不能称做创新发明，并且一定不会获得专利授予权。

 【典型案例4-1】

如图4-1所示的复式自行车，其基本结构是：在原自行车后新增一独轮自行车，以取代传统自行车的后座椅。

【案例分析】

本发明的创新点在于：传统自行车后座椅的人缺少运动，容易瞌睡和久坐麻

图4-1　复式自行车

木，复式自行车后座椅的人（尤其是儿童）因参与运动获得了锻炼身体和户外运动的乐趣。

【典型案例4-2】

如图4-2所示的情侣伞，其基本结构是：在原雨伞的基础上于侧面再叠合一把雨伞。

【案例分析】

图4-2　情侣伞

本发明的创新点在于：传统雨伞通常只能方便一人安全使用，两人则不能有效遮挡风雨，若单独使用两把伞，则失去应有的"情调"。本创新设计的情侣伞可以说为情侣撑起了"两片天"。然而当它合拢时，看起来跟普通伞没有什么区别。

2．边缘组合

边缘组合法具体是指物理属性相近物体的叠加以获得新功能的方法，其结构形式如："A+A′"。如"裤子+袜子"可以组成连袜裤。连袜裤无论从结构还是功能上都明显区别于裤子和袜子，因此它必然符合创新或发明的基本要求。

【典型案例4-3】

如图4-3所示的购物自行车，其基本结构是：将普通自行车和购物车组合，并用购物车的底座小轮取代自行车的前轮。

图4-3　购物自行车

【案例分析】

本发明的创新点在于：传统自行车车篮体积小、承载能力差、易损坏；而创新后的购物自行车由于车篮直接与地面滑轮固定一体，使骑车人的安全性和舒适性都得到很大改善，并极大地方便了购物运输需求，因而有广阔的市场应用前景。

【典型案例4-4】

如图4-4所示的连衣被，其基本结构是：将被单和上衣组合，取上衣衣袖和衣领与被单缝制在一起。

图4-4　连衣被

【案例分析】

本发明的创新点在于：喜欢或习惯在床上看书学习、看电视的人们为防止感冒，常常要披一件外套，尤其是到了冬天，人们更需要把自己裹严防止受凉。本发明将被头和衣袖等缝制在一起，使人们能非常方便、安全、暖和地在床上看书、学习，手伸出写字时也不会冻坏。本发明还可以用于婴儿睡被的改制，防止婴幼儿晚上睡觉踢被着凉现象的发生。

3. 另类组合

另类组合法是指将两种或两种以上完全不同物理属性或不同功能的物体组合获得新功能或更广泛功能的方法，其结构形式为："A+B"。如"电水壶+口哨"可以组合成具有水开自动报警功能的新型电水壶（一般可申请实用新型专利），这一创新技术大大提高了普通电水壶的安全性和使用寿命。这种另类组合方法在创新技术中应用最为广泛。

【典型案例4-5】

如图4-5所示的照明式螺丝刀，其基本结构是：在普通螺丝刀（俗称起子或旋具）的前端加装一个或数个照明灯（一般是高亮度发光二极管）。

图4-5　照明式螺丝刀

【案例分析】

本发明的创新点在于：在计算机维护或电子产品修理过程中，常常遇到机箱内螺钉隐蔽无法或不方便拆装的情况，本发明装置的发光管正好有效地解决这一难题，因而受到广大电子产品维修工的青睐。

职业院校创新发明与实践

【典型案例4-6】

如图4-6所示的新型行李箱，其基本结构是：在普通行李箱上再安装一个小型折叠式座椅。

【案例分析】

本发明的创新点在于：外出旅行时，儿童由于不能坚持长途奔波或在人口稠密的车站、码头容易走散，常常由大人背负前行，使旅途疲惫不堪；新型行李箱在不改变箱体结构的基础上增加了折叠式座椅，将孩童的负荷转移到行李箱滑轮上，极大地方便了大人和小孩的偕同出行。

【典型案例4-7】

如图4-7所示的带火表插座，其基本结构是：将多孔插座（俗称拖线板）和电能表（俗称火表）装配在一起。

图4-6　带座椅行李箱　　　　图4-7　带火表插座

【案例分析】

本发明的创新点在于：在工农业生产临时施工用电和用户出租用电过程中，常常要新安装火表配电箱而影响工作效率，增加生产成本，并给临时用电带来不便；这款带火表的插座则很好地解决了这一难题，临时用电时只要将拖线板插入照明配电箱或功率符合用电要求的插座，便可直接用电，并自动计费。

【典型案例4-8】

如图4-8所示的带蜡烛火柴，其基本结构是：将蜡烛和火柴组合装配在一起。

【案例分析】

本发明的创新点在于：这种火柴包括了四根蜡烛、若干火柴还有蜡烛座。虽然不奢华，但若要参加庆典活动却很方便，不需要单独购置蜡烛、火柴。

图4-8　一体化火柴

4. 重新组合

重新组合是指将原机构或系统内各部件按一定规则打乱重新布置或装配以获得新用途或功能的方法，其结构形式为："A+B+C≠B+C+A"。重新组合的过程如"活字印刷"，同一个字按文章要求和语法规律放在不同位置便可以印刷出"天下文章"。

【典型案例4-9】

如图4-9所示的折叠椅，其基本结构是：四块包边的木料板通过铰链巧妙连接在一起。

【案例分析】

本发明的创新点在于：四块木料板拉直了便拼接成一幅字画，挂在墙上可作为条幅装饰家居；若将四块板巧妙弯折成直角便可组成座椅，方便客人休闲聊天。它既有家装的审美价值又有待客的使用价值，足见设计者的匠心独具。

【典型案例4-10】

如图4-10所示的两用沙发，其基本结构是由坐垫、靠背、扶手等组成。

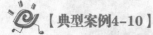

(a)　　　　　　　　　　(b)

图4-9　画屏式折叠椅　　　　　　　　图4-10　两用沙发

【案例分析】

本发明的创新点在于，用做沙发（如图4-10（a）所示）是其基本功能或本来功能。如工作或休息需要，可将坐垫重新整理和铺垫，将靠背拉出变成枕头，于是沙发就转变成了一张舒适的床，如图4-10（b）所示。

三、教学实践

1. 分析如图4-11所示的四幅图各使用了组合法中的哪种方法，设计创新点是什么？

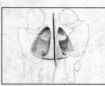

激光校准片锯　　　　一体化便池　　　　自动加热水龙头　　　带剪刀的烧饼铲

图4-11　组合法发明的作品

2. 连连看。根据组合法原理，连接表4-1所列常见物体使之符合创新发明的基本要求，并填表。

表4-1 组合法——"连连看"

物体A	连线	物体B	物体C	设计创新点	设计图样（另附图纸）
帽子		MP3			
书包		充电器			
手表		钥匙			
雨衣		手电筒			
钥匙		光电池	太阳能帽	可方便地为随身听及MP3提供电源	
水笔		随身听			
鞋子		放大镜			
饭卡		毛笔			

一、基本概念

所谓批判法，是指通过发掘物体的缺点，并一一列举出来，针对具体问题找出最佳答案和解决办法。这里的批判法是基于原事物的物理和几何特性，因此这种批判法相对于旧的静态的事物又是一种动态的变化或变革，符合辩证唯物主义的否定之否定规律。

二、应用说明

应用批判法主要是从改变操作不方便、改进设计不合理、改变结构不牢固及改进使用不安全等方面考虑，简称"四改"。这种"四改"批判法用在创新发明实践活动中几乎是屡试不爽，因为"金无足赤，人无完人"，物体也概莫能外。应用批判法，读者可以从身边及居家的任何一件物品找到灵感和突破口，如自行车在泥泞路面容易沾泥影响推行；皮鞋在水泥路面容易磨损后跟；十字路口容易堵车；毛料衣服容易产生静电，常导致计算机死机或者使MP3及U盘易损坏，丢失数据等。其实正是批判法的大量采用才最终推动产品的技术革新和更新换代，这既是事物内部的自我完善，也是大千世界的优胜劣汰使然。

【典型案例4-11】

乘一叶小舟"独钓寒江雪"也不失为一件快意之事。但随后的问题是，小舟在遇到大鱼咬钩时常常失去重心，稳定性极差，甚至被鱼连人带船拖翻的也有，被鱼恣意拖行的也有，海明威的《老人与海》就生动地描述了这个情节。很显然，用普通的"一叶扁舟"钓鱼存在典型的设计不合理、使用不安全的问题，怎么改呢？如图4-12所示，是一款改进后的"三叶扁舟"，特别适用于独钓江心。

图4-12 改进后的"三叶扁舟"

【案例分析】

本发明的创新点在于，利用三角形的稳定性原理，在一条小皮筏的左右两个前端各放置一块平衡塑胶，形成互成120°夹角的"三叶扁舟"。当某一方向出现咬钩时，转动皮筏使钓竿和皮筏在同一方向，以增大对钓竿的控制力。实践证明，这款创新作品有效地解决了上述难题。

【典型案例4-12】

留心平时用的手电筒，发现实际使用时并不方便，常常"照"顾到地面，

"照"顾不到正前方，因而手电筒只能在漆黑的夜里晃来晃去、忽上忽下。改进后的新型手电筒如图4-13所示。

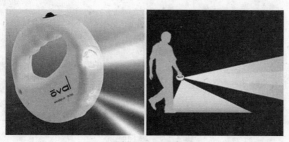

图4-13　双向照明手电筒

【案例分析】

其设计的创新点在于，在原手电筒的基础上增加下方的照明灯，这样使用起来变得方便多了，外形也更"讨人喜欢"。

【典型案例4-13】

人们习惯把那些满脸络腮胡须的人唤做"大胡子"，大胡子也引以为豪，但烦恼还是必须面对的：大把的胡须像吸尘器一样招风沙，影响口腔卫生；吃饭喝汤更麻烦，一调羹香鲜美味汤还没进嘴，"胡子"先替他吸干了一半，然后慢慢顺着衣领往里浸透。当然，绝大部分的"大胡子"还是很讲卫生的，他们通常会在吃饭前像小朋友一样在脖子上围条方巾。

【案例分析】

随着现代生活节奏的加快，这么喝汤也不是办法。有人终于想出了如图4-14所示的卫生调羹，即在原调羹的正上方先加个盖，再开个小口，成为一款专门人士的专用调羹。其设计的创新点在于，调羹下部用于隔开下巴的胡须，调羹上盖用于隔开上唇的胡须，中间开个小口方便大胡子们喝汤。

图4-14　卫生调羹

【典型案例4-14】

我们知道，普通雨伞在遇到大风时容易被风刮跑，甚至损坏，起不到遮风挡雨的作用。

【案例分析】

如图4-15所示的暴风雨伞，其基本组成类似普通雨伞，但发明者从空气动力学的角度设计了这款造型独特的"异型"伞，既不改变遮雨的基本功能，又平衡（抵消）了狂风对伞的冲击力。该伞的制造商称，它可以抵御风力高达10级的暴风雨。

图4-15　暴风雨伞

三、教学实践

1. 你知道同学们在上课时为什么习惯让椅子两条腿着地，然后借助人的两条腿来平衡，达到正坐听课吗？这样有什么安全隐患？分析如图4-16所示的"瘸腿"椅子的改进思路和创新点。

图4-16　"瘸腿"椅子

2. 用批判法分析下列物体存在的缺陷和不足，如何改进，说说你的创新思路。

① 自行车雨衣（提示：雨雾天拐弯时无法看清侧面车辆）

② 电话机

③ 空调（提示：空调滴水严重影响楼下居民出行）

④ 手机

⑤ 钢笔（提示：断墨或漏墨现象）

⑥ 盲人导盲手杖

⑦ 圆珠笔（水笔）（提示：重复利用问题）

⑧ 防腐剂

3. 分组讨论。下列用品是同学们在专业实践、实训和生产实习过程中用到的生产工具、仪器仪表。试选出2件或3件与你本专业有关的用品（也可新增用品）组织讨论其缺陷和创新改进办法，并将讨论结果填入表4-2中。

职业院校创新发明与实践

表4-2　批评法——分组讨论

序号	物　品	提出存在问题（至少3~5个）	解决（或改进）办法
1	台虎钳	① 不同身高对台虎钳适应差 ② 薄壁管类零件易夹坏 ③ 夹紧和放松工作效率低	① 螺纹快速升降并锁定 ② 变两线定位为三线定位 ③ 增加快紧和快松功能
2	计算器		
3	算盘		
4	管子钳		
5	普通车床		
6	汽车轮胎拆卸器		
7	电焊钳		
8	电烙铁		
9	钳形电流表		
10	验电器（电笔）		
11	花木自动灌溉装置		
12	室内有害气体（或辐射）检测装置		
13	电梯平层检测装置		
14	楼宇自动门锁		
15	计算机键盘、鼠标等		
16	自选物品		

第三节　变　性　法

一、基本概念

所谓变性法是指改变事物已有的属性而产生新颖性的创新发明方法。改变事物的属性主要指事物的颜色、气味、光泽、形状、尺寸等。

二、应用说明

变性法应用比较简单，也很好理解，但必须以改变后产生新颖性、实用性为前提。表4-3中的彩色大米、彩色棉花、斜对角铁轨接头（无噪音）、环形节能灯、臭豆腐等都属于变性法的成功应用。但不能说直的话筒架扳弯了也是一种创新。

表4-3　变性产品举例

名称	实　　物	变性	新颖性、实用性和科学性
彩色大米		颜色	目前成熟的彩色大米共有五个品种：红籼、绿籼、苏御糯、巨胚米和长粒药稻。这些大米的种皮中含有蛋白质、各种维生素以及铁、锌、钙等微量元素，营养价值丰富
彩色棉花		颜色	1994年，我国培育出棕、绿、黄、红、紫等色泽的彩棉。挑选纤维长度和强度足够的彩棉可以纺成织物供制作服装、床单及毛巾、手套之用。由于有色棉花不经任何传统棉花加工工艺中使用的苛性染料的处理，几乎可以消除与纺织生产有关的所有环境危害
斜对角铁轨		形状	斜对角铁轨是采用斜缝连接法使火车无震动运行的一种火车钢轨。其特征是钢轨连接端的导向部分的端面与导轨延伸线呈倾斜状，以避免火车在运行过程中车轮与钢轨接缝的撞击，减少了震动颠簸和车运行过程中的阻力
环形节能灯		形状	这种环形节能灯由O形灯管、整流器和螺口灯头座等组成。一体化安装方式使得环形节能灯轴向尺寸大大减小，而且安装和维修时非常简单，无需专业技术人员，用户自己就可以很方便地完成
臭豆腐		气味	臭豆腐"闻着臭"是因为豆腐在发酵腌制和后发酵的过程中，其中所含蛋白质在蛋白酶的作用下分解，所含的硫氨基酸也充分水解，产生一种叫硫化氢(H_2S)的化合物，这种化合物具有刺鼻的臭味。在蛋白质分解后，即产生氨基酸，而氨基酸又具有鲜美的滋味，故"吃着香"

【典型案例4-15】

如图4-17所示的是一款可以折叠卷曲的仿真学习钢琴。

图4-17 仿真学习钢琴

【案例分析】

传统钢琴不便于携带,尤其是野外环境教学和外出郊游。该发明的创新点在于,极大地方便了钢琴爱好者的学习,可以很方便地携带它出入教室、宿舍、家庭等场所进行训练,深受广大师生的喜爱。

【典型案例4-16】

如图4-18所示的是一款尺码可以伸缩调节的童鞋。

【案例分析】

人体生长规律研究表明,4～12岁的少年儿童是生长发育的高峰期,同时也是其双脚尺寸变化最大的时期,一年通常要换几双鞋才能满"足"不断生长发育的需要,这给很多父母带来不小的烦恼。该发明的创新点在于,将每只鞋分成两部分,中间用可伸缩塑料件巧妙连接(外有弹性防水胶),当脚在一定范围内变化时,鞋子也跟着一起"长大"。

下面介绍的几种专利产品都是基于变性原理创新设计的可伸缩鞋。

如图4-19所示的专利(专利号:CN200420108183.0)产品名称叫儿童伸缩鞋,由鞋底、鞋面以及在鞋底和鞋面上设有的一圈可伸缩的插口等组成。使用时,如果儿童的脚长大了,原来的鞋子已经穿不下,这时可以把鞋子的连接处松开,将凸块从凹槽中拔出一些,以增长鞋子,然后再用绳索穿过凸块和凹槽上的小孔把鞋子固定好,这样就不必再去买新鞋了。本实用新型专利既节省了时间、

图4-18 可伸缩童鞋

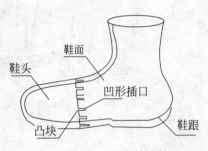

图4-19 儿童伸缩鞋

鞋面
鞋头
凹形插口
凸块
鞋跟

金钱，又节省了资源，还能培养儿童勤俭节约的良好习惯，具有造型美观、结构简单、使用方便等优点。

如图4-20所示的专利（专利号：CN95210437.7）产品名称叫可调高度的高跟鞋跟，它的鞋跟内有一个液压调高装置，该装置内有两个油缸，其中一个油缸内有作为可伸缩鞋跟的活塞；另一个油缸为储油缸，储油缸上有压油活塞，它们之间通过流油管道相连通，在流油管道中部有可控制该管道通断的调节螺钉或旋钮。该鞋跟可任意调节高度。

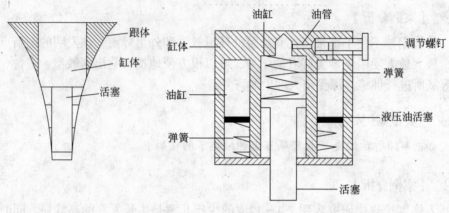

图4-20　可伸缩高跟鞋

如图4-21所示的专利（专利号：200920293709.X）产品名称叫松紧布式可调节伸缩鞋。它包括鞋底和鞋帮。鞋底包括前鞋底和后鞋底；鞋帮包括前鞋帮和后鞋帮；前鞋底和后鞋底分别设置在前鞋帮和后鞋帮上，前鞋帮和后鞋帮通过松紧布连接，前鞋底和后鞋底通过伸缩机构连接在一起。它可以通过调节自身尺码来适合成长中的青少年脚的尺码。

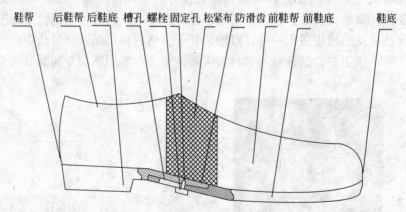

图4-21　松紧布式可调节伸缩鞋

职业院校创新发明与实践

三、教学实践

1. 如图4-22所示的常见物品使你受到哪些启发？

胶囊　　　　　　　　咖啡伴侣　　　　　　　葡萄酒杯

跑步机　　　　　　戒烟电子烟　　　　　　汽车方向盘

图4-22　几种常见物品

2. 分组讨论。尝试用变性法对下列常见物品进行创新，将讨论结果填入表4-4中，并绘制出设计草图，请同学们互相评价。

表4-4　变性法分组讨论

序号	物　品	改变物体哪种属性	变性后新的物体	获得什么创新点
1	直管荧光灯	形状	C形灯管节能灯	将装饰和照明结合起来，且安装更方便
2	白壳鸡蛋	颜色	绿壳鸡蛋	
3	豆腐	气味	臭豆腐	
4	光洁道路	形状	盲道	
5	有脚藤椅			
6	普通白炽灯			
7	保暖鞋			
8	平底酒杯			

第四节 逆 归 法

一、基本概念

所谓逆归法是指从事物的一个方面联想到该事物相反对应的另一方面。应用逆归法进行创新发明，通常从事物用法逆向、结构逆向、功能逆向及缺点逆向等几方面积极思考和探索。

二、应用说明

通俗地讲，逆归法就是反其道而行之，如酒吧或茶吧里的情侣书刊、倒置的饮水机桶、城市无主干景观树、后置式汽车发动机系统等都是逆归法创新思想的成功应用。一种情侣书刊，左面一页文字印刷字头和右面一页文字印刷字头方向刚好相反，这正好满足对面座位情侣同时看书的要求，同时也增加了阅读的趣味性。又如人们通常对假的事物总是深恶痛绝，但假牙、假发的确帮了很多爱美人士的大忙，并成为影视制作不可或缺的道具。

【典型案例4-17】

如图4-23所示的组合式着装镜子，在框架的前后左右都安装了合适角度的平面镜。

【案例分析】

本发明的创新点在于，传统平面镜只能照到人的前面，而本发明由于在框架上的不同位置均安装了平面镜，在合适角度的多次反射下，人便可以在前面的主镜子前观察到各个方位的装扮情况。

【典型案例4-18】

如图4-24所示的手表，在框架内有电路板和发红、绿、蓝三种色光的二极管等。

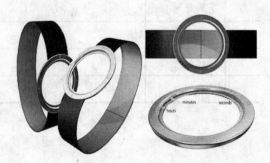

图4-23　全方位着装镜　　　　　　　　图4-24　"无心"手表

职业院校创新发明与实践

【案例分析】

我们知道，传统手表都是由表带、机芯、框架、指针及表玻璃等组成。这款"无心"手表的创新点在于，没有传统的机芯和指针，而是用红、绿、蓝等三色发光二极管代替秒针、时针和分针，使这款手表不仅具有计时功能，而且透气性、舒适性好，佩戴者更显尊贵、典雅和时尚。

【典型案例4-19】

如图4-25所示的摇摆椅（专利号：200820088675.6），是一种既能够当普通椅子来坐，又能够摇摆的摇椅，它包括椅子面、椅子腿和弧形椅子腿及插销等部分。

【案例分析】

本发明的创新点在于，椅子两侧椅腿分别套在弧形底杆的导孔内，且弧形底杆与椅腿之间设有插销。这样既可以解决学生尤其是儿童喜欢摇摆椅子，造成椅子损坏的问题，也可以简单、自由地变换椅子的功能。

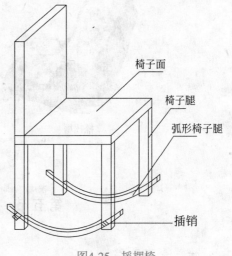

椅子面
椅子腿
弧形椅子腿
插销

图4-25　摇摆椅

三、教学实践

1.利用网络资源学习并讨论以下问题。

（1）反光薄膜和透光薄膜分别用在什么场合？

（2）汽车发电机前置和后置各有哪些优点和缺点？

2.生活中有很多"意外"，你能运用逆归法，从这些"意外"中找到创作的灵感吗？说一说你的想法。

（1）自行车车胎爆裂了。

（2）剩余的米饭可能会发酵。

（3）金鱼在空气污染的环境中极易死亡。

（4）家用空调滴水排不出去。

3.图4-25展示了一种儿童摇摆椅子。摇摆的椅子本是产品的缺点，但这里应用了逆归法将缺点变成了优点。如图4-26所示的几种另类摇摆椅更是独具匠心、浪漫逍遥、舒心愉悦，很是讨人喜欢。受此启发，你一定能设计出另外几款令人耳目一新的摇摆椅，试用简洁的线条勾画出你的创意，并附带100字左右的富于感染力的文字说明。（提示：设计时要考虑力的平衡原理。）

儿童摇摆椅

情侣逍遥椅

摇摇椅

异型摇摆椅

图4-26 典型摇摆椅

第五节 移 植 法

一、基本概念

所谓移植法，是指将某一技术领域中的技术手段和方法巧妙地移植到另一技术领域，从而产生创新作品。

二、应用说明

常采用的移植方法有原理移植、方法移植、结构移植和材料移植等。

1. 原理移植

原理移植通常是将力学原理、光学原理、电磁学原理及几何学原理等迁移到另一技术领域来解决实际问题，从而产生技术的创新和新产品的发明。如电磁学原理迁移到传统算盘上发明出磁性算盘，使之更符合教学需要。

【典型案例4-20】

如图4-27（a）所示是一杠杆插座。

【案例分析】

该作品的创新点在于，在普通单相双孔插座内再安装一简易杠杆，当用户想拔出插头时，只需用拇指轻轻一按压杆，利用杠杆原理，顶杆上翘，退出插头。这款作品尤其适合独臂人操作。

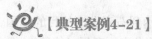 【典型案例4-21】

如图4-27（b）所示是一个L形磁性撬杆。

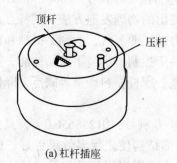

(a) 杠杆插座　　　　　　　　　　　　(b) L形磁性撬杆

图4-27　原理移植发明作品

【案例分析】

该作品的创新点在于，在撬杆下端固定一块磁铁，利用其对铁磁物质的吸引力可以很方便地吸出窨井盖。L形操作杠杆的应用，使这一过程更省力，工程施工效率大大提高。

【典型案例4-22】

如图4-28所示是一款磁悬浮电子钟。

【案例分析】

本设计创新点在于，利用"磁性物质同性相斥异性相吸"的物理学原理，在普通电子钟的顶上和底下各装一对磁铁，以克服重力作用而将电子钟悬浮在空中。

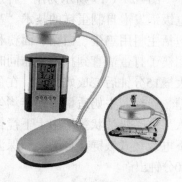

图4-28　磁悬浮电子钟

2.方法移植

将某一技术领域或产品应用的技术或方法移植到创新获得过程中，获得新产品的方法称为方法移植。方法移植侧重的是主观或人为实施的过程，如加工过程等。而原理移植侧重的是依据现有的规律、定律、定理来获得某种现象、变化或反应的过程。

【典型案例4-23】

如图4-29所示的几种发泡技术的应用就是一种典型的方法移植发明技法。

【案例分析】

图4-29（a）所示为一种石膏板、块的发泡技术（专利号：93107809.1）。将盐酸与水混合后用于石膏粉，经过搅拌，即可得到发泡的石膏板、块。本发明

与现有技术相比，不用制作发泡剂并配以稳泡剂，即可达到石膏发泡的目的。因此，其优点是简便易行，并可通过不同的操作获得不同的发泡石膏板、块等。

图4-29（b）所示为一种生产电缆的物理发泡方法（专利号：200610020572.1），具体涉及电缆生产的物理发泡技术。本发明提出的物理发泡方法，其特点是在熔融塑料中通过一定孔径的注气孔注入一定压力的工业氮气，达到了提高和稳定产品的物理发泡度，使发泡更加均匀、稳定、易于控制，提高了产品性能，克服了现有电缆生产中发泡度有限、发泡度稳定性差、螺杆糊料严重等缺点，降低了产品成本，可广泛用于电缆的生产领域。

图4-29（c）所示为一种发泡保温电饭煲（专利号：01258656.0），具体涉及应用聚氨酯发泡技术。为合理布局电饭煲内部结构使之保温效果更好，此电饭煲包括外壳、内锅罩、中环以及夹在外壳与内锅罩之间的发泡保温层。其中，保温材料是一种聚氨酯发泡材料，外壳与中环相邻接处设有一个环状密封圈，内锅罩与中环相邻接处设有一个环状密封圈。本实用新型的电饭煲结构强度高，保温性能好，热效率高，耗电量少，节能显著。

图4-29（d）所示为用一种适用家庭电饭锅发泡自制蛋糕的技术。基本材料包括主料用鸡蛋、白糖、面粉和牛奶。用筷子打蛋清直到打出泡沫同时放糖，大概15分钟后变成奶油状。在蛋黄中放糖、面粉、牛奶适量并搅拌均匀后，倒入另一半奶油状蛋清中上下搅拌好。按下电饭煲煮饭键，自动跳到保温挡后闷20分钟出锅。

(a) 纸面发泡石膏板

(b) 物理发泡电缆

(c) 发泡保温电饭煲

(d) 电饭锅发泡做蛋糕

图4-29　发泡方法移植

3. 结构移植

将一种产品的结构设计原理移植到另一种产品的结构设计原理中的方法叫做结构移植。如传统隼接式框架结构主要用来建造房屋和庙宇，根据移植原理，人们将这一技术广泛应用于桥梁（获得抗震性）、模具加工、儿童玩具等。

【典型案例4-24】

所谓隼连接是指直接在原材料上互相开孔、槽等实现连接的方法。原始的隼连接一般不借助铁钉、胶水等其他物体，既保持了连接材料的所有物理特性一致，即膨胀率、收缩率和曲线形变等的一致性，又有效地吸收了震动，且无污染，取材方便，深得人们喜爱。如图4-30所示是将隼连接设计原理广泛移植到案头、板凳、庙宇、门体等场合。现在这种隼连接工艺还可以被人们广泛移植到机械加工刀具设计、水泥制品预制、车辆轮毂、拱形桥梁等。

(a) 黄花梨插肩榫接案头

(b) 透榫三足小板凳

(c) 榫接庙宇廊檐

(d) 榫接实木门

图4-30　结构移植案例

4.材料移植

利用某种材料的特殊物理和化学特性将其从传统的应用领域移植出来，应用到新兴制造技术中的方法叫做材料移植。如利用陶瓷的耐高温、硬度高、光洁度好、易清洗、制造方便等特性制作碗、勺、罐、缸等器皿。利用这一特性并经特殊工艺处理后，人们制造了陶瓷发电机。

【典型案例4-25】　磁性算盘

一种教学用磁性算盘（专利号：200820227130.9）如图4-31所示，其基本结构是：框架上安装有磁性方轴杆，在磁性方轴杆上穿有方孔铁质算盘珠。

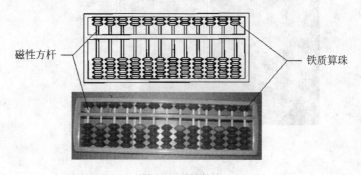

磁性方杆　　　　　　　　　　　　　　　　　　　铁质算珠

图4-31　磁性算盘

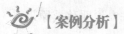【案例分析】

众所周知，在给学生上珠算课时黑板上要挂毛算盘便于教学，这种毛算盘由

于算盘珠经常拨来拨去使杆上的毛容易脱落，挂不住算盘珠，影响了教学。本发明的创新点在于，用磁性算盘结构设计合理，构思巧妙新颖，把框架垂直挂在黑板上，教师用手指沿磁性方轴杆上、下拨动方孔铁质算盘珠，由于磁性方轴杆有磁性且方孔铁质算盘珠为铁质材料制成，可相互吸引，使拨动的方孔铁质算盘珠处在磁性方轴杆的任何位置固定不动。使用磁性算盘教珠算课方便省时、省力。此教学用磁性算盘是现有毛算盘的更新换代产品。

【典型案例4-26】 磁性门帘

磁性门帘（专利号:200820031351.9）如图4-32所示。便于安装的磁性门帘的基本结构是：门帘沿纵向由中间分为两部分，两部分相邻的边设有能相互吸合的磁条，并设置用于将磁条顶端固定在门楣上的磁条卡扣；磁条卡扣为断面呈U形的片材，可由铁、铁皮或塑钢制成；磁条卡扣内的一面上平行设有两条用于对所述磁条限位的凸棱，另一面上设有用于对所述磁条定位的自攻螺钉；在磁条卡扣与门楣相贴靠的一面上设有双面胶；门帘的上边与门楣相贴靠的一面附着有双面胶；门帘的两侧边与门框相贴靠的一面附着有双面胶。

【案例分析】

这种门帘的创新点在于，利用磁条异性相吸的原理自动封合门帘，既便于人员自由出入，又防止蚊虫入室，使用时跟纱帘配合还能通风透气，非常经济实用，深得广大农户的喜爱。此外，这种磁性门帘安装也非常方便，安装时不会破坏门楣和门框，便于拆卸和清洗。

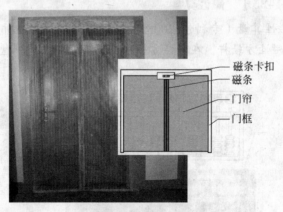

磁条卡扣
磁条
门帘
门框

图4-32　磁性门帘

三、教学实践

1. 下列作品（如图4-33所示）中分别应用了哪些移植方法？说明移植原理。

职业院校创新发明与实践

(a) 水幕电影　　(b) 大理石音箱　　(c) 汽车保险带　　(d) 脚踏缝纫机

(e) 降落伞　　　(f) 康师傅绿茶　　　　(g) 奥运鸟巢

图4-33　创新设计与产品举例

2. 移植原理创新举例。结合专业特点，每个项目各选一例填入表4-5中。

表4-5　移植原理创新举例

项目	移植方法	产品举例	创新设计举例
1	原理移植	玩具秋千	
2	方法移植	自动配钥匙机	
3	结构移植	风扇摇头机构	
4	材料移植	温控变色碗	

3. 根据原理移植、方法移植、结构移植和材料移植的基本定义，各举一例创新作品，并画图说明其基本结构和工作（设计）原理。

4. 看图说话。综合运用前面学习的几种发明技法，分析图4-34所示产品分别采用了哪些发明技法，说明理由。

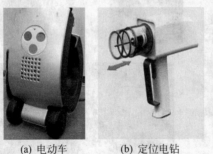

(a) 电动车   (b) 定位电钻   (c) 伸缩旅游车

图4-34 创新产品举例

第六节 专 利 法

一、基本概念

专利法又称专利文献法，是指利用公开的专利文献资料进行发明、创新和改造活动的发明方法。专利一般包括外观设计专利、实用新型专利和发明专利三种。

图4-35显示了几个常用的检索专利文献网站主页。常用于检索的专利文献网站及网址如下。

中国专利信息网   中华人民共和国国家知识产权局网-专利检索

世界发明家网   中国发明网

图4-35 部分常用专利检索网站首页

（1）中国专利信息网：http://www.patent.com.cn/

（2）中华人民共和国国家知识产权局网（专利检索）：http://www.sipo.gov.cn/zljs/

（3）中国发明网：http://www.cainet.org.cn/

（4）世界发明家网：http://www.world-talent.org/inv/

（5）中国专利技术网：http://www.51patent.net/

（6）中国科技创新网：http://www.zgkjcx.com/

（7）中国专利信息中心网：http://www.cnpat.com.cn/

（8）学生科技网：http://www.student.gov.cn/

关于三种专利的详细界定和法律概念，在后续章节中会详细介绍，这里简单说明外观设计专利、实用新型专利和发明专利的基本定义。

《中华人民共和国专利法实施细则》（以下简称《专利法实施细则》）中指出："专利法所称的发明，是指对产品、方法或其改进所提出的新的技术方案。"这里的发明又可分为产品发明（如机器、仪器、设备和用具等）和方法发明（制造方法）两大类。"专利法所称实用新型，是指对产品的形状、构造或者其结合所提出的适于实用的新的技术方案。""专利法所称外观设计是指对产品的形状、图案、色彩或者其结合性作出的富有美感并适于工业上应用的新设计。"在检索时应注意区别。

二、应用说明

应用专利法进行发明时，一般都要先确定大致的发明方向（或者查新行业），然后选择相关的专利文献网站，输入关键词根，阅读大量专利文献，优选3~5个专利，分析其基本功能、设计意图、结构或组成、工作原理或使用说明，然后从先进性、实用性和科学性等方面对专利技术资料（重点是权利要求书中所列权利项目）进行科学革新。革新过程中还要反复查新直至产生新的完整的创新发明思想。最后进入发明设计阶段。

这里要强调说明的是，运用专利法发明应结合自己的专业知识和文化理论水平，不可好高骛远，也不能胡思乱想。否则提出的问题越艰涩，创新的科学性、可行性越差。如果理化基础比较差，尽量少涉及理化分析方面的专利革新（最起码自己要能读懂专利说明书），如果缺少机械基础知识，尽量少涉及复杂运动机构的专利革新。总之，用专利法进行创新发明必须结合自己的兴趣、特长和专业，量力而行，靠船下篙。

表4-6列出了运用专利法进行创新的具体过程。

表4-6　专利法发明流程

序号	步　骤	实　施　说　明
1	选定方向	根据自己的兴趣、特长、专业选定查新方向
2	阅读专利	登录常用专利文献网站，输入关键词汇，打开专利文献说明书，认真阅读并比较各项专利的摘要、说明书和图样、权利要求书等

序号	步　骤	实施说明		
3	改进专利	原始专利权利要求	改进后权利要求	专利改进成功判别
		A、B、C	A、B、C	否
		A、B、C、D	A、B、C	是
		A、B、C	A、B、C、D	否
		A、B、C、D	a、b、c、d	否
		A≌a		否
		A≠a		是
		符合：新颖性、先进性、实用性、科学性		
4	查新专利	查新方法和报告书格式（本书后面章节有详细介绍）		
5	创新设计	根据专利申请报告要求撰写说明书和设计图样		

【典型案例4-27】　机动车异径减震弹簧

（1）选定方向

设计者具有一定的机械工程专业知识，熟悉金属工艺和材料力学基本知识，熟悉机动车减震系统。设计者在工程实践过程中发现，机动车减震系统太“软”，在凹坑路面和满载情况下减震效果很差（弹簧出现瞬间压到底的现象）；机动车减震系统太“硬”，在平坦路面和轻载情况下减震效果仍然很差。设计者决定利用专利法对机动车减震系统进行创新设计。

（2）阅读专利

登录国家知识产权局专利检索网：进行核心词汇检索。先输入“弹簧”，检索后界面弹出数万条专利信息，很显然是核心词汇太大了。加入限定词“减震”再检索，界面弹出千余条专利信息，说明仍可进一步缩小检索词汇。再次输入“车　减震　弹簧”字样，界面弹出跟车辆有关的减震弹簧15条，如图4-36所示。很显然，这是设计者要重点阅读的专利文献。

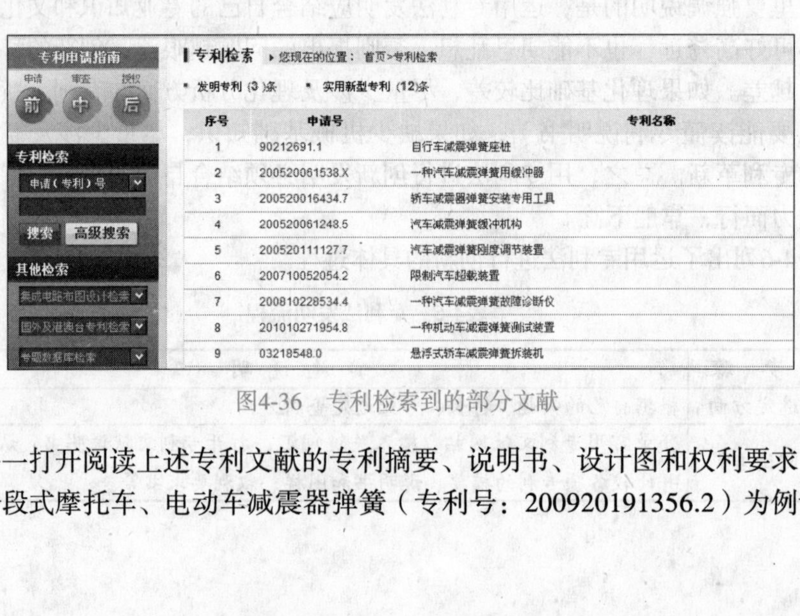

序号	申请号	专利名称
1	90212691.1	自行车减震弹簧座桩
2	200520061538.X	一种汽车减震弹簧用缓冲器
3	200520016434.7	轿车减震器弹簧安装专用工具
4	200520061248.5	汽车减震弹簧缓冲机构
5	200520111127.7	汽车减震弹簧刚度调节装置
6	200710052054.2	限制汽车超载装置
7	200810228534.4	一种汽车减震弹簧故障诊断仪
8	201010271954.8	一种机动车减震弹簧测试装置
9	03218548.0	悬浮式轿车减震弹簧拆装机

图4-36　专利检索到的部分文献

一一打开阅读上述专利文献的专利摘要、说明书、设计图和权利要求书。下面以分段式摩托车、电动车减震器弹簧（专利号：200920191356.2）为例说明其

专利内容。

① 专利摘要:分段式摩托车、电动车减震弹簧,包括阻尼筒和连接阻尼筒的连杆,连杆上安装橡胶缓冲块,阻尼筒的头部安装阻尼帽,在连杆的端部连接铝托架,阻尼筒和连杆的外围安装弹簧,其特征在于所述的弹簧包括上段弹簧和下段弹簧,在上段弹簧和下段弹簧之间安装塑料隔套。本方案将减震器的弹簧分成上段弹簧和下段弹簧,上、下两段弹簧之间由塑料隔套隔开,即将已有使用的一根弹簧变成两根弹簧,这样在使用过程中更能达到调整直线度的功能,达到防震动的目的,使乘骑时更有舒适感,并且两根弹簧的力值容易控制,不易产生疲劳,弹簧不易断裂,使用寿命长。同时,也能把两段弹簧的颜色进行两段式处理,增加外表的美感。

② 权利要求:如图4-37所示。

(a) 设计图样

权 利 要 求 书

CN 201661641 U   1/1 页

1. 分段式摩托车、电动车减震器弹簧,包括阻尼筒(1)和连接阻尼筒的连杆(2),连杆上安装橡胶缓冲块(3),阻尼筒(1)的头部安有阻尼帽(4),在连杆(2)的端部连接铝托架(5),阻尼筒(1)和连杆(2)的外围安装弹簧,其特征在于所述的弹簧包括上段弹簧(6)和下段弹簧(7),在上段弹簧(6)和下段弹簧(7)之间安装塑料隔套(8)。

2. 如权利要求1所述的分段式摩托车、电动车减震器弹簧,其特征在于所述的塑料隔套(8)安装在阻尼筒(1)的外壁上,所述的上段弹簧(6)和下段弹簧(7)为等距弹簧。

(b) 专利权利要求书截图

图4-37 分段式摩托车、电动车减震器弹簧专利权利要求书

③ 专利说明:如图4-38所示。

说 明 书

CN 201661641 U   1/2 页

分段式摩托车、电动车减震器弹簧

技术领域

[0001] 本实用新型涉及减震弹簧,特别是涉及用于摩托车(踏板车)、电动车等的分段式减震器弹簧。

背景技术

[0002] 现有摩托车(踏板车)、电动车的减震器是一根弹簧支承载重,由于只有一根弹簧,减震器成品长度长了就达不到所需要的直线度标准,人在乘载行驶时弹簧力值难控制,导致乘骑时没有舒适感,并且一根弹簧承重又容易产生疲劳,弹簧易断裂,使用寿命短。

发明内容

[0003] 本实用新型的目的是为了克服已有技术的缺点,提供一种使用寿命长,安全性能可靠,使人在乘骑时更有舒适感的分段式摩托车、电动车减震器弹簧。

图4-38 分段式摩托车、电动车减震器弹簧专利说明书(部分)

（3）改进专利

阅读上述15条专利文献资料后发现，改善机动车减震系统的方法可归纳为以下几点：改变机动车弹簧的直径、线径、材料、有效圈数等。这样符合公式：

$$k=\frac{F}{\lambda}=\frac{Gd^4}{8D^3}=\frac{Gd}{8C^3N}$$

式中：k——弹簧的刚度（中学物理叫倔强系数k）；

$\quad\quad F$——弹簧所受的载荷；

$\quad\quad \lambda$——弹簧在受载荷F时所产生的变形量；

$\quad\quad G$——弹簧材料的弹性模量（钢为8×10^4MPa，青铜为4×10^4MPa）；

$\quad\quad d$——弹簧丝直径；

$\quad\quad D$——弹簧直径；

$\quad\quad N$——弹簧有效圈数；

$\quad\quad C$——弹簧的旋绕比（又称弹簧指数）。

公式表明，弹簧的弹性系数k与弹簧圈的直径成反比，与弹簧的线径的4次方成正比，与弹簧的材料的弹性模量成正比，与弹簧的有效圈数成反比。

分析权利要求书限制条件：

A条件——分上、下两段弹簧（上、下弹簧圈数N不一样）；

B条件——弹簧中有塑料隔套；

C条件——上、下弹簧为等距弹簧。

技术（产品）革新后的权利要求：

a条件——弹簧不分段；

c条件——均匀改变弹簧丝直径。

评估革新成果：

$$A\neq a,\quad C\neq c$$

可见，通过不改变弹簧内径，而均匀改变弹簧簧丝直径的方法获取不同的弹性系数，以适应不同路面和不同载荷对机动车减震舒适性要求的创新发明思路能成功申请专利保护，如图4-39所示（专利号：201020517485.9）。

细端 均匀过渡 粗端
图4-39　均匀变径减震弹簧

三、教学实践

1.根据自己的专业特点，选定一个熟悉的物品，登录中国专利信息网：查阅相关技术资料，打印出专利摘要、专利说明书、设计图样和权利要求书等，分组讨论革新方案。

2.应用专利法完成表4-7，并说明原因。

职业院校创新发明与实践

表4-7 专利法应用成果评估

序号	原始产品	拟革新项目	成果评估（成功的打"√"，失败的打"×"）
1	藤椅	用木头代替藤条	
2	台灯	用发光二极管代替白炽灯	
3	话筒	增加扩音功能	
4	组合式台历	增加闹钟功能	
5	纸质台历	电子台历	
6	交通信号灯	带太阳能自发电的无源交通信号灯	
7	花瓶	恒温调温花瓶	
8	口杯	自动变色口杯（随温度变化）	

第四章 创新与发明实用技法

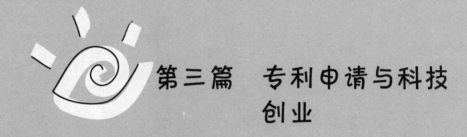

第三篇　专利申请与科技创业

第五章　专利查新与申请

一、专利及专利种类

1. 专利概念

专利权是由国务院专利行政部门依照法律规定，根据法定程序赋予专利权人的一种专有权利。它是无形财产权的一种，与有形财产相比，专利具有独占性、时间性和地域性等特点，如图5-1所示。

图5-1　专利的特点

（1）独占性

所谓独占性也称垄断性或专有性。专利权是由政府主管部门根据发明人或申请人的申请，认为其发明成果符合专利法规定的条件，而授予申请人或其合法受让人的一种专有权。它专属权利人所有，专利权人对其权利的客体（即发明创造）享有占有、使用、收益和处分的权利。

（2）时间性

所谓专利权的时间性，即指专利权具有一定的时间限制，也就是法律规定的保护期限。各国的专利法对于专利权的有效保护期均有各自的规定，而且计算保护期限的起始时间也各不相同。《中华人民共和国专利法》（以下简称《专利法》）第四十二条规定："发明专利权的期限为二十年，实用新型专利权和外观设计专利权的期限为十年，均自申请日起计算。"

（3）地域性

所谓地域性，就是对专利权的空间限制。它是指一个国家或一个地区所授予和保护的专利权仅在该国或地区的范围内有效，对其他国家和地区不发生法律效力，其专利权是不被确认与保护的。如果专利权人希望在其他国家享有专利权，那么，必须依照其他国家的法律另行提出专利申请。除非加入国际条约及双边协定另有规定之外，任何国家都不承认其他国家或者国际性知识产权机构所授予的专利权。

2. 专利种类

专利通常有发明专利、实用新型专利和外观设计专利三种，如图5-2所示。

（1）发明专利

《专利法》所称发明是指对产品、方法或者其改进所提出的新的技术方案。其特点是：首先，发明是一项新的技术方案，是利用自然规律解决生产、科研、实验中各种问题的技术解决方案，一般由若干技术特征组成。其次，发明分为产品发明和方法发明两大类型。产品发明包括所有由人创造出来的物品；方法发明包括所有利用自然规律通过发明创造产生的方法。方法发明又可以分成制造方法和操作使用方法两种类型。另外，专利法保护的发明也可以是对现有产品或方法的改进。

授予专利权的发明，应当具备新颖性、创造性和实用性。新颖性是指在申请日以前没有同样的发明或者实用新型在国内外出版物上公开发表过、在国内公开使用过或者以其他方式为公众所知，也没有同样的发明或者实用新型由他人向国务院专利行政部门提出过申请并且记载在申请日以后公布的专利申请文件中。创造性是指同申请日以前已有的技术相比，该发明具有突出的实质性特点和显著的进步，该实用新型具有实质性特点和进步。实用性是指该发明能够制造或者使用，并且能够产生积极效果。

（2）实用新型专利

《专利法》所称实用新型是指对产品的形状、构造或者其结合所提出的适于实用的新的技术方案。实用新型与发明的不同之处在于：第一，实用新型只限于

职业院校创新发明与实践

图5-2　专利的种类

具有一定形状的产品，不能是一种方法，也不能是没有固定形状的产品；第二，对实用新型的创造性要求不太高，而实用性较强。

　　产品的形状是指产品所具有的，可以从外部观察到的确定的空间形状。对产品形状所提出的技术方案可以是对产品的三维形态的空间外形所提出的技术方案，例如对凸轮形状、刀具形状作出的改进；也可以是对产品的二维形态所提出的技术方案，例如对型材的断面形状的改进。

　　产品的构造是指产品的各个组成部分的安排、组织和相互关系。产品的构造可以是机械构造，也可以是线路构造。机械构造是指构成产品的零部件的相对位置关系、联接关系和必要的机械配合关系等；线路构造是指构成产品的元器件之间的确定的连接关系。

　　复合层可以认为是产品的构造，产品的渗碳层、氧化层等属于复合层结构。

　　（3）外观设计专利

　　外观设计是指工业品的外观设计，也就是工业品的式样。它与发明或实用新型完全不同，即外观设计不是技术方案。《专利法》第二条中规定："外观设计，是指对产品的形状、图案或者其结合以及色彩与形状、图案的结合所作出的富有美感并适于工业应用的新设计。可见，外观设计专利应当符合以下要求：

① 是指形状、图案、色彩或者其结合的设计；

② 必须是对产品的外表所作的设计；

③ 必须富有美感；

④ 必须是适于工业上的应用。

二、案例分析

如图5-3所示的三种物品分别属于发明专利、实用新型专利和外观设计专利。

（1）图5-3（a）所示发明专利是一款USB充电器，它包括容置在上、下壳体内的带有限位按钮的转线装置和转接装置。转线装置包括活动转盘、缠绕在转盘一个盘面上的电连接线、设在转盘另一盘面的动触点以及设在转盘下圆形槽内的复位弹簧。转接装置上设有与转盘上动触点电接触的固定触点，电连接线的缠绕内端经由转盘上的动触点与转接装置电连接，还包括装在上、下壳体内的将USB输入电源转换成与待充电设备适配的输出电源的电源转换电路。本发明的USB充电器直接用USB输入电源给待充电设备充电，无须接触220V高压，安全性更高；USB接口或充电接口一端的电线可根据使用需要自由伸缩，充电器结构紧凑小巧，使用方便易携带。

（2）图5-3（b）所示实用新型专利是一款一拖四的USB接口，涉及电源供应设备技术领域，特指一种可以同时作为电脑USB接口分配器用的多用插座。技术方案为：在排插上设有USB输入母座以及若干USB的输出母座，USB的输入母座与USB的输出母座相连。本实用新型专利可以实现USB标准接口的多路分配，方便使用，也有利于节约成本。

（3）图5-3（c）所示外观设计专利是某厂家的猪肉脯包装盒，该外观设计名称是：猪肉脯包装盒；用于食品包装；设计要点是图案；主视图作为出版专利公报用。

(a)

(b)

图5-3 专利案例

职业院校创新发明与实践

主视图	后视图

(c)

图 5-3（续）

三、教学实践

分组讨论表5-1所示的创新作品。

（1）哪些可以申请发明专利？

（2）哪些可以申请实用新型专利？

（3）哪些可以申请外观设计专利？

表5-1　专利申请

序号	创新作品	申请专利性质	说明理由
1	校徽	外观设计专利	具有美感，体现学校精神的图案，可用于宣传和校服等标志
2	沙漠自行车		
3	防雾眼镜		
4	温度变色茶杯		
5	转基因食品		
6	防尘粉笔		
7	商标图案		
8	产品外包装		
9	MPG数字压缩技术		
10	靖江蟹黄汤包		

第二节　专利查新

专利查新是国际上专利部门和情报机构普遍开展的咨询业务，是我国查新业务重要的发展方向，其原理和操作思路对一般查新工作具有积极的指导意义。专利查新在自主创新中发挥先导作用，是科研立项、专利申请、成果评估必不可少的工作，是借鉴和参考国内外先进成果的重要来源。在科研管理部门的科研立项、成果鉴定、评估授奖工作中，它也是重要的参考依据。

一、专利查新步骤

专利查新通常按以下步骤进行。

1. 登录专利查新网站

在"百度"搜索工具栏内先输入"中华人民共和国国家知识产权局"字样，找到并单击中华人民共和国国家知识产权局链接，打开如图5-4所示网页。

图5-4 国家知识产权局主页

2. 单击"高级搜索"按钮

在中华人民共和国国家知识产权局网页的右侧的"专利检索"栏内单击"高级搜索"按钮进入专利检索界面，如图5-5所示。在"摘要"栏中输入关键词进行查询，如机器人。

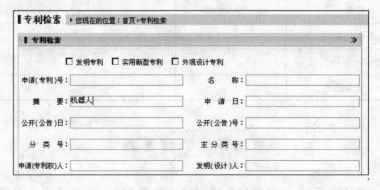

图5-5 专利检索

国外主要专利检索平台有：美国专利商标局网上专利检索，日本特许厅网上

职业院校创新发明与实践

专利检索（英文版）；欧洲专利局网上专利检索；世界知识产权组织网上专利检索等。

进行专利文献检索时通常应考虑以下几个方面的问题。

（1）注意选词

在专利检索中，需要对技术主题进行分析。例如，若要查找"金属散热器"，很容易分析出需要检索的主题是"散热器"和"金属"，但是金属在别的专利中可能代表的是其他意思。这样，我们在进行主题检索时，就不能简单地使用"散热器 金属"来检索，而是要使用"散热器*（金属+合金+铁+铜+铝）"（说明：*代表"与"，+代表"或"）来检索。

（2）考虑同义词

在专利检索中，很重要的一个要求就是要考虑同义词。在查询的时候，一定要充分考虑各种各样的同义词，否则会漏掉一些内容。但是要直接找到这些同义词有时候又比较困难，所以要先通过关键词查询完成初步检索，然后进行IPC分类（国际专利分类表，在CPRS检索系统中提供了这个工具，否则需要手工完成）。如果分类比较集中，可以阅读该分类的定义，从中找出同义词；如果比较分散或者初步结果比较少，需要阅读这些说明书，然后从中分析出同义词。

（3）注意歧义

有时，同义词的引入可能会产生一些歧义。例如，要查找石家庄某个年度申请的专利书目，首先会直接查询"石家庄"的对应记录，但是石家庄是个大的地域，下面还有很多县、市，所以如果仅使用"石家庄"就会漏掉一些信息，必须采用"石家庄+正定+平山+无极+……+赵县"进行检索。同时，为了防止重名现象出现，还需要加上"河北"这样的限制。

（4）CPRS使用

在专利局的文献部电子阅览室中，提供了一套专用的检索系统（C/S结构），其中有比较重要的几个小窍门。比如，检索某个时间范围，可以用2000/09/01>2003/08/07这样的方式达到；关键词检索支持通配符"$"和同义词匹配"#"，例如要查电视机，如果想查到相关同义词内容，就输入"电视机#"（说明：这个可以在CPRS的帮助中看到）；在默认情况下，CPRS支持前截断，就是说在查询时间的时候，如果输入2000，系统会自动查询2000年所有相关的记录。

此外，应注意：①"名称"输入尽量避免常见物品的名词，如：粉笔、黑板擦、扫帚、尺、伞、椅子等。②"摘要"输入尽量简洁，如：感应、折叠、免洗、免钉、防水、防霉等。③可利用逻辑式来减少检索输入次数。如需检索"门"和"窗"，可输入"门 or 窗"；如需检索"笔记本电脑的支架"，可输入"电脑 and 架"。

3. 查阅专利说明资料

如图5-6所示，依次打开各专利说明资料，包括说明书摘要、说明书、权利要求书及附图等。查新比对，如有雷同或相似则重新选题或技术改进。

图5-6 专利说明资料

二、查新报告撰写

下面以"江苏省职业教育创新大赛作品查新报告"的撰写为例说明专利检索的基本要求和查新技巧。

1. 查新报告

查新报告是查新者用书面形式就查新情况及其结论所做的正式陈述。查新报告内容（主要包括查新目地、创新点、查新点、文献检索范围及策略、检索结果、查新结论、查新声明及附件等）和基本格式见表5-2。查新报告一般采用A4纸，每栏的大小可随内容调整。报告内容应当打印；签字使用钢笔或者碳素笔。

表5-2　江苏省职业教育创新大赛参赛作品（项目）查新报告

江苏省职业教育创新大赛
参赛作品（项目）查新报告

项目名称：

项目作者：（第一作者）

　　　　　（合作者）

指导教师：

学校：

查新完成日期：

申报者本人（包括合作者）的查新声明（签字）：

学校的查新证明（盖章）：

　　指导教师（签字）：

　　　　校长（签字）：

查新项目名称	

一、查新目的

申报江苏省职业教育创新大赛

二、查新项目的创新要点

（要着重说明查新项目的主要特点特征、相关指标、应用范围、申报人自我判断的新颖性等）

三、查新点

查新点：（需要查证的内容要点、创新点）

四、文献检索范围及检索策略

文献检索范围

范例：查新使用的数据库为

中国专利信息网（1985—2008）

注：条件较差的地区可使用百度、Google等搜索引擎进行相关检索

检索词及检索策略

检索词

范例：以下以"空巢"老人"关爱之星"网络服务平台构建项目为例

1. 空巢老人

2. 老年人

3. 老龄化

4. 急救

5. 紧急救助

6. 平安钟

7. 网络服务平台

8. 健康

检索式

范例：

1.（空巢老人 or 老年人 or 老龄化）and（急救 or 紧急救助)

2.（空巢老人 or 老年人 or 老龄化）and 健康 and 网络服务平台

3.（空巢老人 or 老年人 or 老龄化）and 平安钟

五、检索结果

按上述检索词，在以上数据库和文献时限内，查到一些与本课题有关的文献，提供附件

（ ）份，现对附件摘述如下。

第五章 专利查新与申请

范例：

[题名]人口老龄化问题分析与对策

[作者]顾劲扬，励建安

[来源]南京医科大学学报（社会科学版）

[单位]南京医科大学第一临床医学院，江苏南京，210029

[摘要]21世纪是人口老龄化的世纪，逐渐增多的老龄化人口带给人类社会的问题日益凸显，"2000年人人享有健康"赋予了每个人应有的权利，老年人也不例外。作者旨在通过对我国人口老龄化的现状、趋势及其根源的分析，研究老龄化问题对人类社会产生的深刻影响，从而探讨缓解人口老龄化矛盾的对策。

六、查新结论

经对检索出的相关文献进行分析、对比，结论如下。

范例：

文献1：主要是针对江苏省、南京市老年人的健康状况与生活状况的调查研究。

文献2~文献4：主要研究了……

综上所述，我国在人口老龄化问题、空巢老人生活、健康状况以及医疗急救方面已有相关研究报道。但本课题的研究特点是：1.……

2.……

3.……

检索中未见与本课题相同的报道。

七、申报者本人、所在学校签字盖章的查新声明与证明

1. 报告中陈述的事实是真实和准确的。

2. 我们按照大赛查新规范进行查新、文献分析和审核，并作出上述查新结论。

申报者（签字）：　　　　　　　申报者所在学校（盖章）：

八、附件清单

九、备注

职业院校创新发明与实践

2. 查新点与查新要求

报告中的查新点是指需要查证的内容要点。查新要求包括：①通过查新，证明在所查范围内有无相同或类似研究；②对查新项目分别或综合进行对比分析；③对查新项目的新颖性作出判断。

3. 文献检索范围及检索策略

报告中的文献检索范围及检索策略应当列出对查新项目进行分析后所确定的手工检索的工具书、年限、主题词、分类号和计算机检索系统、数据库、文档、年限、检索词等。

4. 检索结果

报告中的检索结果应当反映通过对所检数据库和工具书中的相关文献情况及对相关文献的主要论点进行对比分析的客观情况。检索结果应当包括的内容有：①对所检数据库和工具书中的相关文献情况进行简单描述；②依据检出文献的相关程度；③对所列主要相关文献进行简要描述（一般可用原文中的摘要或者利用原文中的摘要进行抽提），对于密切相关文献，可节录部分原文并提供原文的复印件作为附录。

5. 查新结论

报告中的查新结论应当客观、公正、准确、清晰地反映查新项目的真实情况，不得误导。查新结论应当包括的内容有：①相关文献检出情况；②检索结果与查新项目的要点的比较分析；③对查新项目新颖性的判断结论。

6. 申报者本人、所在学校的查新声明

查新报告应当包括经申报者本人、所在学校及市级创新大赛主办单位签字的查新声明。声明的内容通常写成：①报告中陈述的事实是真实和准确的；②我们按照项目查新规范进行查新、文献分析和审核，并作出上述查新结论。

7. 附件

报告中涉及的附件主要包括密切相关文献的题目、出处以及原文复制件；一般相关文献的题目、出处以及文摘。

三、案例分析

【典型案例5-1】

某学生设计出一款用于建筑施工遥控定向照明装置，拟申请专利或参加创新发明比赛，现需提交专利查新报告。

【案例分析】

根据专利查新提供的格式和查新要求，登录相关专利发布网站，撰写查新报告（见表5-3）。查新报告封面如下。

※ ※

×××大赛
参赛作品（项目）查新报告

项目名称：建筑施工遥控定向照明灯

项目作者：（第一作者）×××

单　　位：×××××××

查新日期：××××年×月×日

申报者本人（包括合作者）的查新声明（签字）：

单位查新证明（盖章）：

※ ※

表5-3　建筑施工遥控定向照明灯查新报告

查新项目名称	建筑施工遥控定向照明灯
一、查新目的 申报江苏省职业教育创新大赛	
二、查新项目的创新要点 （要着重说明查新项目的主要特点特征、相关指标、应用范围、申报人自我判断的新颖性等） 　　本装置采用局部投射照明的方法，当工人施工位置发生位移时，可用遥控装置方便地遥控灯具的特定照明区域（仰角乘以夹角所围三维空间）。实践证明，本装置在满足特定照明要求下仅为现有照明灯具（如碘钨灯或钠灯等）功率的十分之一，使得夜间施工更安全、方便、节能和环保。	
三、查新点 查新点：（需要查证的内容要点、创新点） 1. 照明灯 2. 定向照明 3. 自动照明灯 4. 遥控灯	

职业院校创新发明与实践

四、文献检索范围及检索策略

文献检索范围

范例：查新使用的数据库为

中华人民共和国国家知识产权局

检索词及检索策略

检索词

1. 建筑施工

2. 遥控

3. 旋转

4. 定向照明

5. 节能

6. 免除干扰

检索式

1. 建筑施工 and 定向照明

2. 遥控 and 旋转 and 定向照明

3. 定向照明 and 节能

4. 定向照明 and 施工 and 免除干扰

5. 遥控定向照明

6. 定向照明

五、检索结果

按上述检索词，在以上数据库和文献时限内，查到一些与本课题有关的文献，提供附件（3）份，现对附件摘述如下：

1. [题名] 照明灯光能汇聚装置及方法

[作者] 阮立山

[来源] 中华人民共和国国家知识产权局

[单位] 浙江省温州市平阳县昆阳镇解放街229号，325400

[摘要] 本发明公开了一种照明灯光能汇聚装置及方法。在距离照明灯一定位置处设置一菲涅耳透镜或菲涅耳列阵透镜，使照明灯的出射光通过菲涅耳透镜或菲涅耳列阵透镜汇聚后再照射在限定区域，实现定向照明。选用不同焦距的菲涅耳透镜或菲涅耳列阵透镜可以改变光线的汇聚程度，通过高度调节机构调节照明灯的高度或菲涅耳透镜的高度可以改变两者之间的距离，对定向照明的区域面积进行调节。本发明应用领域广泛，对光能的利用充分，节省了电力能源，采用本发明后一只20W的照明灯与原来一只60W的照明灯的光照亮度基本相当，为用户节省了三分之二的电能，其经济效益和社会效益都是非常巨大的。同时，本发明将光线汇聚后不会照射到外界，减少了光污染。

2. [题名] 可定向照明装置

[作者] 马西莫·佳塔里

[来源] 中华人民共和国国家知识产权局

[单位] 意大利马切拉塔

[摘要] 一种可定向照明装置，包括：适于安装在固定结构上的支撑臂 (10)，其借助于铰接头 (18) 支撑至少一个灯空间 (12)，在该灯空间内有至少一个光源。所述照明装置还包括可滑动地与所述支撑臂 (10) 结合并可束缚到其上的至少一个杠杆 (20)，所述杠杆 (20) 借助于销 (22) 铰接在所述灯空间 (12) 上，该销 (12) 具有相对于所述铰接头 (18) 的旋转轴线平行且与之距离的旋转轴线。

3. [题名] 发光二极管定向照明节能灯具

[作者] 刘志勇

[来源] 中华人民共和国国家知识产权局

[单位] 福建省泉州市泉秀路泉秀花园西18号–301室，362000

[摘要] 发光二极管定向照明节能灯具，包括：电路板，沿其平面界定X方向和Y方向；以及照明单元，包括位于电路板中间位置的第一照明单元和对称设置在第一照明单元两侧的第二照明单元，每个照明单元均包括管体距离电路板平面一定高度并呈倾斜安装的多个发光二极管，每个照明单元的多个发光二极管沿电路板的X方向和Y方向间隔设置成阵列并沿阵列中心对称分布，每个发光二极管分别相对于X方向和Y方向偏离预定的角度，以使每个照明单元在X方向和Y方向分别形成预定的投射角。发光二极管的投射角小于15度、亮度大于 20000毫坎德拉。该灯具能实现准确的定向照射，具有良好的照明效果和节能效果，散热良好，特别适用于道路路面照明。

六、查新结论

经对检索出的相关文献进行分析、对比，结论如下：

本项目完全具备新颖性、可行性、先进性。

检索中未见与本课题相同的报道。

七、申报者本人、所在学校签字盖章的查新声明与证明

1. 报告中陈述的事实是真实和准确的。

2. 我们按照大赛查新规范进行查新、文献分析和审核，并作出上述查新结论。

申报者（签字）：　　　　　　　　申报者所在学校（盖章）：

八、附件清单

附件一：相关专利首页

附件二：相关专利目录

九、备注

职业院校创新发明与实践

[19] 中华人民共和国国家知识产权局

[51] Int. Cl.
F21V 5/04 (2006.01)

[12] 发明专利申请公布说明书

[21] 申请号 200610052810.7

[43] 公开日 2007 年 2 月 14 日

[11] 公开号 CN 1912455A

[22] 申请日 2006.8.7
[21] 申请号 200610052810.7
[71] 申请人 阮立山
地址 325400 浙江省温州市平阳县昆阳镇解
放街 229 号
[72] 发明人 阮立山

[74] 专利代理机构 杭州华鼎专利事务所
代理人 韩 洪

权利要求书 1 页 说明书 4 页 附图 1 页

[54] 发明名称
照明灯光能汇聚装置及方法

[57] 摘要

本发明公开了一种照明灯光能汇聚装置及方法。在距离照明灯一定位置处设置一菲涅耳透镜或菲涅耳列阵透镜，使照明灯的出射光通过菲涅耳透镜或菲涅耳列阵透镜汇聚后再照射在限定区域，实现定向照明。 选用不同焦距的菲涅耳透镜或菲涅耳列阵透镜可以改变光线的汇聚程度，通过高度调节机构调节照明灯的高度或菲涅耳透镜的高度可以改变两者之间的距离，对定向照明的区域面积进行调节。 本发明应用领域广泛，对光能的利用充分，节省了电力能源，采用本发明以后一只 20W 的照明灯与原来一只 60W 的照明灯的光照亮度基本相当，为用户节省了三分之二的电能，其经济效益和社会效益都是非常巨大的。 同时，本发明将光线汇聚后不会照射到外界，减少了光污染。

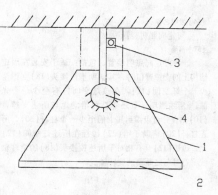

[19] 中华人民共和国国家知识产权局

[51] Int. Cl.

F21S 8/00 (2006.01)

F21V 21/30 (2006.01)

F21V 21/14 (2006.01)

[12] 发明专利申请公布说明书

[21] 申请号 200710102431.9

[43] 公开日 2007年11月14日

[11] 公开号 CN 101070953A

[22] 申请日 2007.5.8

[21] 申请号 200710102431.9

[30] 优先权

　　[32] 2006.5.9 [33] IT [31] MI2006U000166

[71] 申请人 伊古齐尼照明有限公司

　　地址 意大利马切拉塔

[72] 发明人 马西莫·佳塔里

[74] 专利代理机构 中国国际贸易促进委员会专利商标事务所

　　代理人 柳爱国

权利要求书2页 说明书4页 附图4页

[54] 发明名称

　　可定向照明装置

[57] 摘要

　　一种可定向照明装置，包括：适于安装在固定结构上的支撑臂(10)，其借助于铰接头(18)支撑至少一个灯空间(12)，在该灯空间内有至少一个光源。所述照明装置还包括可滑动地与所述支撑臂(10)结合并可束缚到其上的至少一个杠杆(20)，所述杠杆(20)借助于销(22)铰接在所述灯空间(12)上，该销(12)具有相对于所述铰接头(18)的旋转轴线平行且与之距离的旋转轴线。

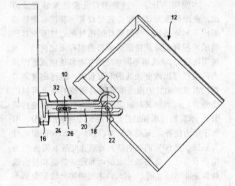

职业院校创新发明与实践

附件二：相关专利目录

序号	专利号	名　　称
1	00136988.1	三基色影视反射式荧光灯具
2	00136987.3	可变角度反射式直管形荧光灯具
3	200710177261.0	灯杯型条灯
4	200710177925.3	灯杯型侧光灯
5	01274327.5	可调间接照明灯具
6	87211206	自行车用手电筒夹持器
7	90212878.7	可变色灯罩
8	91206931.7	带有彩光气柱的观赏器皿
9	91214659.1	夹式万向软管电筒
10	92227378.2	陶瓷反射罩型卤钨灯泡
11	94246777.9	定向发光长寿灯
12	99227049.9	指向性光源照明格栅台灯
13	99257134.0	汽车破雾会车照明装置
14	00268204.4	可变角度反射式直管形荧光灯具
15	01280063.5	光谱安眠舒神仪
16	200720112953.2	一种PAR30金属卤化物灯
17	200720173228.6	带照明设备的显示器
18	200410067282.3	一种荧光灯管的半涂粉方法
19	200610052810.7	照明灯光能汇聚装置及方法
20	200510116856.6	带照明装置的冰箱分配器
...	......	......

四、教学实践

1. 讨论下列作品的查新关键词：

垂直井下智能救援机器人　自动翻页扫描仪　多功能导盲手杖　混合动力汽车　折叠式自行车　水幕电影　孔明灯　杂交水稻

2. 通过国家知识产权局专利局网站，根据自己所学专业选定一个物品或技术，参考表5-2，在老师的指导下完成查新报告。

第三节 专利申请

一、专利申请基本常识

1. 专利申请流程

专利申请流程如图5-7所示。

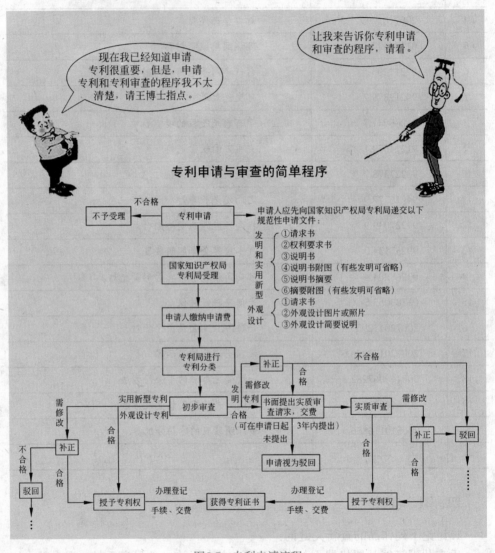

图5-7 专利申请流程

2. 专利申请文件

申请发明专利的，申请文件应当包括：发明专利请求书（格式见表5-4）、权利要求书、说明书、说明书附图（适用时）、说明书摘要、摘要附图（适用时），各一式两份。

职业院校创新发明与实践

表5-4 发明专利请求书

请按照本表背面"填表注意事项"正确填写本表各栏			此框内容由专利局填写		
⑥发明名称			① 申请号（发明）		
			② 分案提交日		
⑦发明人			③ 申请日		
			④ 费减审批		
			⑤ 挂号号码		
⑧申请人	第一申请人	姓名或名称			
		单位代码或个人身份证号			
		国籍或居所地国家或地区		电话	
		地址	邮政编码	省、自治区、直辖市名称	市（县）名称
			城区（乡）、街道、门牌号		
	第二申请人	姓名或名称			
		国籍或居所地国家或地区		电话	
		邮政编码		地址	
	第三申请人	姓名或名称			
		国籍或居所地国家或地区		电话	
		邮政编码		地址	
⑨联系人	姓名			电话	
	邮政编码		地址		
⑩确定非第一申请人为代表人　特声明第＿＿＿申请人为申请人的代表人					

第五章　专利查新与申请

123

⑪代理	代理机构	名　　称				代　　码		
		邮政编码		电　话				
		地　　址						
	代理人1	姓　　名		代理人2		姓　　名		
		工作证号				工作证号		
		电　话				电　话		
⑫分案申请		原案申请号		原案申请日		年 月 日		

1101 (第1页) 2001.7

⑬发明名称				
⑭生物材料样品保藏	保藏单位		地　址	
	保藏日期	年 月 日	保藏编号	分类命名

⑮要求优先权声明			⑯	
在先申请国别或地区	在先申请日	在先申请号		□ 已在中国政府主办或承认的国际展览会上首次展出
			不丧失新颖性宽限期声明	□ 已在规定的学术会议或技术会议上首次发表
				□ 他人未经申请人同意而泄露其内容
			⑰保密请求	□ 本专利申请可能涉及国家重大利益，请求保密处理
				□ 是否已提交保密证明材料

⑱申请文件清单				⑲附加文件清单	
1. 请求书	份 每份	页	□	费用减缓请求书	

2. 说明书摘要	份 每份		页	☐	费用减缓请求证明
3. 摘要附图	份 每份		页	☐	提前公开声明
4. 权利要求书	份 每份		页	☐	实质审查请求书
5. 说明书	份 每份		页	☐	实审参考资料
6. 说明书附图	份 每份		页	☐	转让证明
				☐	专利代理委托书
权利要求的项数 项				☐	经证明的在先申请文件副本 份数
					原案申请文件副本
				☐	核苷酸或氨基酸序列表 ☐光盘 ☐软盘
				☐	其他证明文件(注明文件名称)
				☐	
⑳ 申请人或代理机构签章					㉑ 专利局对文件清单的审核
		年 月 日			年 月 日

申请实用新型专利的，申请文件应当包括：实用新型专利请求书（格式见表5-5）、权利要求书、说明书、说明书附图、说明书摘要、摘要附图（适用时），各一式两份。

申请外观设计专利的，申请文件应当包括：外观设计专利请求书、外观设计图片或照片（要求保护色彩的，应当提交彩色图片或照片）以及对该外观设计的简要说明，各一式两份。提交图片的，两份均应为图片；提交照片的，两份均应为照片，不得将图片或照片混用。

表5-5 实用新型专利请求书

请按照本表背面"填表注意事项"正确填写本表各栏		此框内容由专利局填写
⑥ 实用新型名称		① 申请号（实用新型）
		② 分案提交日
⑦ 设计人		③ 申请日
		④ 费减审批
		⑤ 挂号码

⑧申请人	第一申请人	姓名或名称				
		单位代码或个人身份证号				
		国籍或居所地国家或地区				电话
		地址	邮政编码	省、自治区、直辖市名称		市（县）名称
			城区（乡）、街道、门牌号			
	第二申请人	姓名或名称				
		国籍或居所地国家或地区		电话		
		邮政编码		地址		
	第三申请人	姓名或名称				
		国籍或居所地国家或地区		电话		
		邮政编码		地址		
⑨联系人	姓名			电话		
	邮政编码		地址			

⑩确定非第一申请人为代表人声明　　　特声明第_____申请人为申请人的代表人

⑪代理	代理机构	名称		代码
		邮政编码	电话	
		地址		
	代理人1	姓名	代理人2	姓名
		工作证号		工作证号
		电话		电话

职业院校创新发明与实践

⑫分案申请	原案申请号		原案申请日	年　　月　　日

⑬实用新型名称						

⑭要求优先权声明	在先申请国别或地区	在先申请日	在先申请号	⑮	不丧失新颖性宽限期声明	□ 已在中国政府主办或承认的国际展览会上首次展出
						□ 已在规定的学术会议或技术会议上首次发表
						□ 他人未经申请人同意而泄露其内容

⑯申请文件清单				⑰附加文件清单	
1.请求书	份　每份	页	□	费用减缓请求书	
2.说明书摘要	份　每份	页	□	费用减缓请求证明	
3.摘要附图	份　每份	页	□	转让证明	
4.权利要求书	份　每份	页	□	专利代理委托书	
5.说明书	份　每份	页	□	经证明的在先申请文件副本　份数	
6.说明书附图	份　每份	页	□	原案申请文件副本	
			□	其他证明文件(注明文件名称)	

权利要求的项数　　项	☐
	☐
⑱申请人或代理机构签章	⑲专利局对文件清单的审核
年　月　日	年　月　日

（1）权利要求书

权利要求书应当以说明书为依据，说明发明或实用新型发明的技术特征，限定专利申请的保护范围。在专利权授予后，权利要求书是确定发明或者实用新型发明专利权范围的根据，也是判断他人是否侵权的根据，有直接的法律效力。权利要求分为发明独立权利要求和从属权利要求。独立权利要求应当从整体上反映发明或者实用新型发明的主要技术内容，它是记载构成发明或者实用新型发明的必要技术特征的权利要求。从属权利要求是引用一项或多项权利要求的权利要求，它是一种包括另一项（或几项）权利要求的全部技术特征，又含有进一步加以限制的技术特征的权利要求。进行权利要求的撰写必须十分严格、准确，具有高度的法律和技术方面的技巧。

关于权利要求书的撰写，请参阅《专利法实施细则》第二十条至第二十三条及《专利审查指南》第二部分第二章的规定。

（2）说明书内容

《专利法实施细则》第十七条规定，发明或者实用新型专利申请的说明书应当写明发明或者实用新型的名称，该名称应当与请求书中的名称一致。说明书应当包括下列内容。

① 技术领域：写明要求保护的技术方案所属的技术领域；

② 背景技术：写明对发明或者实用新型的理解、检索、审查有用的背景技术；有可能的，并引证反映这些背景技术的文件；

③ 发明内容：写明发明或者实用新型所要解决的技术问题以及解决其技术问题采用的技术方案，并对照现有技术写明发明或者实用新型的有益效果；

④ 附图说明：说明书有附图的，对各幅附图作简略说明；

⑤ 具体实施方式：详细写明申请人认为实现发明或者实用新型的优选方式；必要时，举例说明；有附图的，对照附图。

发明或者实用新型专利申请人应当按照前款规定的方式和顺序撰写说明书，并在说明书每一部分前面写明标题，除非其发明或者实用新型的性质用其他方式或者顺序撰写能节约说明书的篇幅并使他人能够准确理解其发明或者实用新型。

128

发明或者实用新型说明书应当用词规范、语句清楚，并不得使用"如权利要求……所述的……"一类的引用语，也不得使用商业性宣传用语。

发明专利申请包含一个或者多个核苷酸或者氨基酸序列的，说明书应当包括符合国务院专利行政部门规定的序列表。申请人应当将该序列表作为说明书的一个单独部分提交，并按照国务院专利行政部门的规定提交该序列表的计算机可读形式的副本。

（3）绘制说明书附图

根据《专利审查指南》的规定，说明书附图应当用制图工具和黑色墨水绘制，线条应当均匀清晰、足够深，并不得着色和涂改。剖面图中的剖面线不得妨碍附图标记线和主线条的清楚识别。几幅附图可以绘制在一张图纸上。一幅总体图可以绘制在几张图纸上，但应保证每一张上的图都是独立的，而且当全部图纸组合起来构成一幅完整总体图时又不互相影响其清晰程度。附图的周围不得有框线。

附图总数在两幅以上的，应当使用阿拉伯数字顺序编号，并在编号前冠以"图"字，例如图1、图2……

附图应当尽量垂直绘制在图纸上，彼此明显地分开。当零件横向尺寸明显大于竖向尺寸必须水平布置时，应当将附图的顶部置于图纸的左边。一页纸上有两幅以上的附图，且有一幅已经水平布置时，该页上其他附图也应当水平布置。

附图标记应当使用阿拉伯数字编号。同一零件出现在不同的图中应当使用相同的附图标记，一件专利申请的各文件（说明书及其附图、权利要求书、摘要）中应当使用同一附图标记表示同一零件，但并不要求每一幅图中的附图标记编号连续。

附图的大小要适当，应当能清晰地分辨出图中每一个细节，并适合于用照相制版、静电复印、缩微等方式大量复制。

同一附图中应当采用相同比例绘制，为使其中某一组成部分清楚显示，可以另外增加一幅局部放大图。附图中除必要的词语外，不应当含有其他注释。附图中的词语应当使用中文，必要时，可以在其后的括号里注明原文。

流程图、框图应当视为附图，并应当在其框内给出必要的文字和符号。特殊情况下，可以使用照片贴在图纸上作为附图。例如，显示金相结构或者组织细胞时。

（4）说明书摘要

根据《专利法实施细则》第二十四条，摘要应当写明发明的名称和所属的技术领域，清楚反映所要解决的技术问题，解决该问题的技术方案的要点及主要用途。未写明发明名称或不能反映技术方案要点的，应当通知申请人补正；使用了商业性宣传用语的，应当予以删除，并通知申请人。

摘要文字部分（包括标点符号）不得超过300个字。摘要超过300个字的，应当通知申请人删节或者由审查员删节；审查员删节的，应当通知申请人。

3. 专利费用减缓请求书

费用减缓请求书见表5-6。

注：专利减缓请求通常适用于无收入来源的在校学生和国家规定的特殊低经济收入人群。

表5-6　申请专利费用减缓请求书

费用减缓请求书

　　□ 初审程序　□ 授权后程序

　　□ 实审程序

　　请按照本表背面"填表注意事项"正确填写本表各栏

① 专利或申请专利	申请号		申请日　年　月　日
	发明创造名　称		
	申请人		

② 请求费用减缓的理由（申请人为个人，请求减缓费用必须准确填写个人年收入状况）：

③ 附件清单

□ 上级主管部门出具的关于企业亏损情况的证明

□ 上级主管部门出具的关于非企业单位经济困难情况证明

④ 申请人签章	⑤ 专利局处理意见
年　月　日	年　月　日

填表时应注意以下规定。

（1）本表应使用中文填写，字迹为黑色，文字应打字或印刷，提交一式一份。

（2）本表第①栏所填内容应与该专利申请请求书中内容一致。如果该申请办理过著录项目变更手续的，应按照专利局批准变更后的内容填写。

（3）本表第①栏所填申请人应为第一申请人。

（4）本表左上方及第③栏中的方格□供填表人选择使用，若有方格后所述情况的，应在方格内作标记。

（5）本表第②栏，应写明请求减缓的理由。个人申请费用减缓，必须准确填写个人年收入情况，两个以上个人共同申请专利应当填写每个人的年收入情况；单位申请费用减缓除说明减缓理由外，还应当附具上级主管部门关于单位经济状况证明：对企业应说明亏损情况，对非企业应说明经济困难情况。填写不符合规定或未提交有关证明的，视为未提出请求。

（6）可以请求减缓的费用有申请费（印刷费、附加费不予减缓）、发明专利申请审查费、发明专利申请维持费、复审费、自授予专利权当年起（含当年）三年内的年费。

（7）费用减缓请求是在提出专利申请的同时提出的，可以一并请求减缓上述五种费用。提出专利申请之后只能请求减缓除申请费外尚未到期的费用，但该请求最迟应当在有关费用期限届满前两个月之前提出。

（8）个人请求减缓申请费（印刷费、附加费不予减缓）、发明专利申请审查费、自授予专利权当年起（含当年）三年内的年费的最高比例不超过85%，发明专利申请维持费、复审费、最高比例不超过80%。单位或单位与个人或两个以上个人共同申请减缓申请费（印刷费、附加费不予减缓）、发明专利申请审查费、自授予专利权当年起（含当年）三年内的年费的最高比例不超过70%；发明专利申请维持费、复审费、最高比例不超过60%；两个以上单位共同申请不予减缓费用。

（9）请求减缓专利费用应当提交费用减缓请求书，应当同时按减缓后的比例缴纳费用。

（10）费用减缓请求由专利局或专利局外设的专利代办处审批。专利局或专利代办处将同意减缓的比例通知申请人。未被批准的，应当在接到专利局或专利代办处的通知后，在专利法及实施细则规定的期限内按规定数额缴足费用。

（11）本表第④栏，申请人为个人的应由本人签字或盖名章；申请人有多个人的由第一申请人签章。如果代表人为非第一申请人时由请求书中确定的代表人签章。

4. 专利代理

（1）专利代理业务

中国单位或者个人在国内申请专利和办理其他专利事务的，可以委托专利代理机构办理，也可以由申请人自己办理。按照《专利审查指南》中有关委托专利代理机构的相关规定，在中国没有经常居所或者营业所的外国人、外国企业或者外国其他组织以及港、澳、台地区的法人在中国大陆申请专利和办理其他专利事务的，应当委托国家知识产权局指定的专利代理机构办理；港、澳、台地区的个人可以委托国家知识产权局指定的专利代理机构办理，也可以委托普通代理机构办理；其他专利申请人除可以委托代理机构以外，也可以由申请人自己直接办理。

当申请人不能按照专利局的规定办理专利申请等各种专利事项时，可以委托专利代理机构办理有关事项。专利代理，顾名思义是指由他人代为将当事人的发明创造向专利局申请专利或代为办理当事人其他专利事务。专利代理是一种委托代理，它是指专利代理机构受一方当事人的委托，委派具有专利代理人资格的、在专利局正式授权的专利代理机构中工作的人员作为委托代理人，在委托权限内，以委托人的名义，按照《专利法》的规定向专利局办理专利申请或其他专利事务所进行的民事法律行为。专利代理人资格是经特定考核后取得的，任何其他机构和个人无权接受委托，不能从事专利代理工作。专利代理机构可以承办专利咨询，代写专利申请文件，办理专利申请，请求实质审查或者复审的有关事务，宣告专利权无效等有关事务，办理专利权的转让，解决专利申请权、专利权归属纠纷等事务。

（2）签订代理委托书

申请人在签订代理委托书时，应当注意写明代理权限为全程代理或是半程代理。半程代理即所代理的专利申请授权后，代理机构不再为申请人服务。这时申请人应当主动向专利局提交著录项目变更申报书，变更代理机构。同时提交辞去代理的声明以及缴纳相应手续费50元。全程代理的不存在上述问题。

二、案例分析

 【典型案例5-2】

某创新作品是一根变直径的弹簧，用以满足不同载荷和不同路况均能获得理想减震效果，经查新符合申请实用新型弹簧的条件。试为该发明作品申请实用新型专利。

【案例分析】

本实用新型专利报告撰写内容包括：①说明书；②权利要求书；③说明书摘要；④说明书附图和摘要附图绘制等内容。（说明：本实用新型专利已授权，禁止任何性质和形式的侵权行为。）

职业院校创新发明与实践

补充说明：说明书摘要文字部分应当打字或者印刷，字迹应当整齐清晰，黑色，符合制版要求，字高在0.35厘米至0.45厘米之间，行距在0.25厘米至0.35厘米之间。纸张应当纵向使用，只限使用正面，四周应当留有空白：左侧和顶部各2.5厘米，右侧和底部各1.5厘米。

附说明书、权利要求书、说明书摘要、说明书附图和摘要附图样例如下。

※ ※

说明书（样例）

机动车异径减震弹簧

技术领域

本实用新型涉及交通辅助设备领域，更确切地说通过不同直径的弹簧得到不同减震效果的弹簧随路况而改变。

背景技术

摩托车、电动车等机动车都装有弹簧，目的在于减震，但目前的弹簧都是等直径的。众所周知，弹簧直径粗，弹性比较"硬"，因而适合在乡间或野外路况较差的路段行驶；弹簧直径细，弹性比较"软"，适合在城区平坦道路行驶。而生产厂家从不考虑摩托车、电动车行驶的道路，使用统一直径的弹簧作为减震系统。其结果：弹簧太硬，减震如同虚设，驾乘者不舒服；弹簧太软，遇到路面凹坑而"啃到"底盘，并可能带来安全隐患。

发明内容

本实用新型的目的在于克服上述之不足，提供一种能适应凹凸不平或平坦道路，能起到减震效果的弹簧。

本实用新型采用以下技术方案来解决：一种机动车异径减震弹簧，由粗径弹簧和细径弹簧组成。其特征在于：减震弹簧体分成三部，上部为粗直径弹簧，中部为中直径弹簧，下部为细直径弹簧，或分两部制成。所述粗直径弹簧、中直径弹簧、细直径弹簧，为一根弹簧体相对而言，也可在粗直径弹簧内置有套管，套管内装入中直径弹簧外套。

本实用新型的显著效果：能在凹凸不平或平坦道路上起到减震效果，生产工艺简单，成本低，在现有弹簧厂生产，不需增加设备即能投产。

附图说明

附图1为本实用新型的结构图；

附图2为本实用新型另一实施例的结构图。

以下结合附图对本实用新型作进一步阐述。

具体实施方式

参见图1，在减震弹簧体1上，分成三部，上部为粗直径弹簧2，中部为中直径弹簧3，下部为细直径弹簧4，或分两部制成，所述粗直径弹簧、中直径弹簧、细直径弹簧，为一根弹簧体相对而言。

另一实施例

参见图2，也可在粗直径弹簧5内置有套管6，套管内装有中直径弹簧7。

权利要求书（样例）

1. 一种机动车异径减震弹簧，由粗径弹簧、细径弹簧组成，其特征在于：在减震弹簧体(1)上，分成三部，上部为粗直径弹簧(2)，中部为中直径弹簧(3)，下部为细直径弹簧(4)。

2. 按权利要求1所述的机动车异径减震弹簧，其特征在于：减震弹簧体(1)也可分两部制成。

3. 按权利要求1所述的机动车异径减震弹簧，其特征在于：可在粗直径弹簧(5)内置有套管，套管内装有中直径弹簧(7)。

4. 按权利要求1所述的机动车异径减震弹簧，其特征在于：所述粗直径弹簧、中直径弹簧、细直径弹簧，为一根弹簧体相对而言。

说明书摘要（样例）

一种机动车异径减震弹簧，由粗直径弹簧、细径弹簧组成，其特征在于：在减震弹簧体(1)上，分成三部，上部为粗直径弹簧(2)，中部为中直径弹簧(3)，下部为细直径弹簧(4)。本实用新型克服了目前减震弹簧不能适应各种道路减震之不足，具有在凹凸不平或平坦道路上均能起到减震效果，生产工艺简单，成本低，在现有弹簧厂生产，不需增加设备即能投产等优点。

说明书附图（样例）

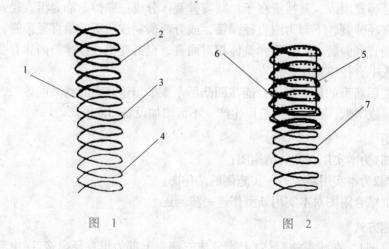

图 1　　　　　　　　图 2

职业院校创新发明与实践

摘要附图（样例）

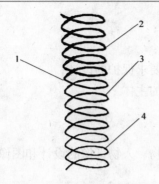

※ ※

三、教学实践

1. 模仿写作

登录国家知识产权局专利检索网站，结合自己的专业特点，输入任意主题，经过高级检索后，选定自己感兴趣和能理解的专利作品，将全套资料打印下来，然后按照《专利法》对原创作品创新后，模仿专利报告各项内容的定义和格式，编制自己的专利申请报告。

2. 独立撰写

根据前面所学创新与发明使用技法，设计并查新自己的专利作品。符合专利申请条件后，在老师的指导下独立撰写专利申请报告和费用减缓请求书。

第四节 专利保护

一、专利保护

所谓专利权，是指一项自然科学领域的技术成果的完成人，向我国的国务院专利行政部门提出专利申请，国务院专利行政部门依照《专利法》的规定，对符合授权条件的专利申请的申请人，授予其实施发明创造的专有权或者说独占权。既然专利具有"独占"和"公开"两个基本特征，就必须对专利的使用权限进行规范和法律保护。确定专利权保护范围的原则一般有：周边限定原则、中心限定原则和折中原则。

发明或者实用新型专利权的保护范围是：只能以权利要求的内容为准；说明书和附图的解释作用；专利档案的限定作用。

外观设计专利权的保护范围是：保护的范围是产品，外观设计必须与产品结合为一体。不能列入外观设计保护范围的物品有：

（1）建筑物、桥梁；

（2）无固定形状的物质；

（3）不能单独出售和使用的；

（4）用肉眼难以判断的物品；

（5）不是以物品本身的形状要求保护的设计；

（6）把自然物作为外观设计的主体；

（7）纯属美术范围的作品；

（8）极容易进行的创作；

（9）模仿有名的著作、建筑物、人物肖像的设计和图像；

（10）国徽、国旗、商标；

（11）文字及数字。

二、专利侵权

专利侵权行为是指在专利权有效期限内，行为人未经专利权人许可又无法律依据，以营利为目的实施他人专利的行为。我国《专利法》第十一条对专利权的法律效力作了明确规定：发明和实用新型专利权被授予后，除本法另有规定的以外，任何单位或者个人未经专利权人许可，都不得实施其专利，即不得为生产经营目的制造、使用、许诺销售、销售、进口其专利产品，或者使用其专利方法以及使用、许诺销售、销售、进口依照该专利方法直接获得的产品。

外观设计专利权被授予后，任何单位或者个人未经专利权人许可，都不得实施其专利，即不得为生产经营目的制造、许诺销售、销售、进口其外观设计专利产品。

根据上述规定，作为专利侵权行为必须有被侵犯的专利权保护客体以及被指控侵权的实施行为。专利侵权行为的认定就是判断该实施行为是否侵犯了一项已授权并处于专利权有效保护期内的专利保护客体。

1.专利侵权特征

（1）侵害的对象是有效的专利。专利侵权必须以存在有效的专利为前提，实施专利授权以前的技术，已经被宣告无效、被专利权人放弃的专利或者专利权期限届满的技术，不构成侵权行为。《专利法》规定了临时保护制度，发明专利申请公布后至专利权授予前，使用该发明的应支付适当的使用费。对于在发明专利申请公布后专利权授予前使用发明而未支付适当费用的纠纷，专利权人应当在专利权被授予之后，请求管理专利工作的部门调解，或直接向人民法院起诉。

（2）必须有侵害行为，即行为人在客观上实施了侵害他人专利的行为。

（3）以生产经营为目的。非生产经营目的的实施，不构成侵权。

（4）违反了法律的规定，即行为人实施专利的行为未经专利权人的许可，又无法律依据。

2. 专利侵权条件

构成专利侵权的行为的条件为以下五项。

（1）该实施行为发生在该项专利权授权以后的专利权有效保护期内。

（2）该实施行为以生产经营为目的。

（3）该实施行为未经专利人许可。

（4）该实施行为是法定禁止的侵害行为。

（5）该实施行为落入该专利权保护范围。

3. 专利侵权表现

专利侵权表现有直接侵权和间接侵权两种。

（1）直接侵权

① 《专利法》第十一条：发明和实用新型专利权：制造专利产品（产品发明专利、实用新型专利、外观设计专利）；使用专利产品（产品发明专利、实用新型专利）、使用专利方法或者使用依照该专利方法直接获得的产品；销售专利产品（三种专利）、销售依照专利方法直接获得的产品。

② 《专利法》第十一条：外观设计专利：制造外观设计专利产品；销售外观设计专利产品。

③ 《专利法》第十一条：进口专利产品、进口依照专利方法直接获得的产品（为上两款所述用途）。进口到中国口岸即成立。

（2）间接侵权

① 生产专门用于制造专利产品的零部件供他人制造专利产品。

② 与直接侵权人构成共同侵权。法律依据："最高人民法院关于贯彻执行《中华人民共和国民法通则》若干问题的意见：教唆、帮助他人实施侵权行为的人为共同侵权人，应当承担连带民事责任。"

③ 认定：直接侵权行为的存在，且在我国发生；主观上具有促成直接侵权的意图。《专利法》第六十三条第一款：按《专利法》第六十条规定处理，即按专利侵权处理。情节严重，构成假冒专利罪。

值得注意的是，《专利法》第六十二条规定以下五项不能认定为侵权行为。

① 专利权用尽。专利权人制造、专利权人许可制造的专利产品售出后，使用或者销售该产品。

② 不明知、不应知的销售。使用或者销售不知道是未经专利权人许可而制造并售出的产品。

③ 享有先用权。在专利申请日前已经制造相同产品、使用相同方法，或者已经做好制造、使用的必要准备，并且仅在原有范围内继续制造、使用。

④ 临时过境。临时通过中国领土、领水、领空的外国运输工具，为运输工具自身需要而在其装置和设备中使用有关专利。（依照与所属国签订的协议、共同参加的国际条约、互惠原则。）

⑤ 专为科学研究和实验使用。（对专利产品本身进行实验，非在别的实验研

究过程中使用专利产品。）

三、专利纠纷

按照目前有关规定，专利纠纷可以通过行政处理或法院诉讼来解决。有权处理专利纠纷的行政机关有省一级、省会城市、经济特区、沿海开放城市政府设立的专利管理部门，以及省会城市、经济特区、沿海开放城市的中级人民法院。

1. 行政处理

通过专利管理机关调处专利权纠纷，较之诉讼来说，手续简便，方式灵活，况且专利管理机关有一批既有较强专业知识，又熟悉法律的执法人员，所以处理起来直接快捷，有利于纠纷的尽快解决。有的侵权人为了拖延时间，随便找个理由，向专利局提出撤销专利权或向专利复审委员会提出宣告无效请求，这时人民法院必须中止案件的审理，等待专利局或复审委员会的结果。所以案件有时一拖就是几年，产品从畅销变成不好销。但是作为专利管理机关，在分析请求人提出的证据以后，认为证据不足的，可以不中止审理。所以对于实用新型及外观设计专利侵权纠纷，通过行政处理更显其优势，当然经过专利管理机关调处后，当事人不服，也可以向人民法院起诉。

2. 专利诉讼

专利诉讼是指当事人和其他诉讼参与人在人民法院进行的涉及与专利权及相关权益有关的各种诉讼的总称。专利诉讼有狭义和广义理解的区分，狭义的专利诉讼指专利权被授予后，涉及有关以专利权为标的的诉讼活动；广义的专利诉讼还可以包括在专利申请阶段涉及的申请权归属的诉讼、申请专利的技术因许可实施而引起的诉讼、发明人身份确定的诉讼、专利申请在审批阶段所发生的是否能授予专利权的诉讼以及专利权被授予前所发生的涉及专利申请人以及相关权利人权益的诉讼等。专利诉讼的分类按照专利诉讼所涉及的被告、争议客体和适用的程序来确定，通常可以将专利诉讼分为：专利权属诉讼、专利侵权诉讼、专利合同诉讼、专利行政诉讼和其他有关专利的诉讼五类。

向人民法院起诉，通过诉讼程序解决是一般解决民事纠纷的办法，其长处在于人民法院的判决、调解书具有直接的强制执行效力。但是通过诉讼解决专利纠纷，也存在着一些值得注意的问题，如专利侵权纠纷往往涉及专业技术问题，法院要请专家咨询、鉴定、评议，所以，诉讼时间经常拖得太长，当事人耗尽精力，也不利于专利技术的实施利用，尽快转化为生产力。

在实施专利诉讼前应做好以下工作。

（1）收集证据、核查事实

一项专利权是否被他人侵犯，首先要查明是否有已构成侵权的事实，这些事实完全要靠证据来证明。因此，及时、全面地收集有关证据是非常重要的。这时应特别注意收集侵权的物证和书证。物证——主要是指侵权产品。侵权产品是十分重要的证据，而且它的取得也并不困难。书证——一般应包括两个部分：

职业院校创新发明与实践

① 证明专利权人有专利权，如专利证书、专利申请文件、专利实施许可或专利权转让合同书等；②证明侵权方实施了侵权行为，如侵权方与他人的订货合同或转让合同、销售发票或销售产品说明书、技术对比文件等。

（2）专利权重新评估

对侵权行为的调查判断最终可能会引起侵权诉讼，而侵权诉讼的胜与负，在很大程度上要看专利权人手中的专利权是否无懈可击。因此，专利权人应当对自己专利权的专利性重新进行分析、评估，对该发明创造的专利性强弱作出判断，切不可因为自己已经获得专利权就滥用诉讼，如果是这样，在侵权诉讼中一旦对方反诉该专利权无效，将会使自己措手不及，还可能造成诉讼中转胜为败。现实生活中这种案例并不少见。

例如，有一起实用新型专利侵权纠纷，在被人民法院认定侵权事实成立，赔偿不可避免的情况下，被告以该实用新型专利不具备新颖性为由，向专利复审委员会提出无效宣告请求。当专利复审委员会驳回无效请求，维持该实用新型专利有效后，侵权被告又以该专利不具备创造性为由，第二次请求宣告该专利权无效。这一次理由成立，复审委员会宣告该专利权无效。这样一来，专利权便无从谈起。

（3）实施侵权警告

在提起专利诉讼前，专利权人向侵权方发侵权警告，这在我国《专利法》中并无规定，但在现实生活中却被经常使用，而且还常起到较好的作用。侵权警告信的写法可以根据不同情况，口气可以强硬，也可以缓和。一般应写明以下内容：①专利权人的专利号、专利的主要权项内容；②对方的产品或方法侵害了该专利权，希望中止或禁止对方制造、销售和使用的行为；③希望对方于何时就此作出答复；如果对方不作答复，专利权人可能采取的措施。

四、案例分析

 【典型案例5-3】

发明或者实用新型专利权保护范围的确定。

1. 案情简要说明

（1）原告甲公司、马××共同诉称：被告乙公司制造的笔记本电脑侵犯了其专利权。

（2）被告乙公司辩称：乙公司生产制造的笔记本电脑不构成对该实用新型专利的侵权。

2. 法律问题

如何认定一项专利权的保护范围？

3. 法理法律分析

（1）实用新型专利权的保护范围以其权利要求的内容为准，说明书及附图可用于解释权利要求。

（2）专利权人在专利权是否有效的程序中所作的限制权利要求保护范围的陈述，禁止其反悔。

（3）故被控侵权物与权利要求1技术方案不同，被告并未对原告构成侵权。

【典型案例5-4】

全面覆盖原则在专利诉讼中的适用。

1.案情简要说明

（1）原告某机械设备公司诉称：我公司为该专利权的所有人。请求法院判令被告停止侵权，赔礼道歉，赔偿损失。

（2）被告某设备公司辩称：我公司的产品未采用原告专利的技术方案，原告的诉讼理由不成立。

2.法律问题

本案是专利侵权诉讼中正确适用全面覆盖原则的典型。

3.法理法律分析

（1）被告生产的产品的技术结构并未完全覆盖原告专利权利要求书中所记载的技术方案。

（2）法院认为：被告并未侵犯原告的专利权，驳回原告的诉请。

【典型案例5-5】

假冒他人专利的侵权行为。

1.案情简要说明

原告张××、甲厂诉共同被告乙公司、××玻璃总厂侵犯其专利权、注册商标专用权、法人名称权。

2.法律问题

如何认定假冒他人专利的侵权行为？

3.法理法律分析

（1）《专利法实施细则》第八十四条规定，假冒他人专利的行为包括：未经许可，在其制造或者销售的产品、产品的包装上标注他人的专利号。

（2）假冒他人专利行为和冒充专利行为是不同的。

（3）本案中被告假冒原告的专利号，理应承担赔偿责任。

五、教学实践

1.组织学习《专利法》、《专利法实施细则》及专利保护相关司法解释。

2.关注2~3起来自网络或媒体的专利侵权案的相关资料，以教学主体为单位，组建模拟法庭进行专利控辩模拟。

职业院校创新发明与实践

第六章　专利成果转化

第一节　专利转化

一、专利转化现状

众所周知，目前我国专利市场存在两种互相矛盾的现象。

现象之一是：国家要发展、民族要进步、中华复兴、中部崛起、中国制造要变成中国创造、转变经济增长方式、调整产业结构都需要以科技为支撑；肩负经济发展和就业重任的我国中小企业有4200万家，其平均寿命仅2.99年，他们急需的是项目、专利；渴望创业就业的大学生，他们手头紧缺的也是项目和专利……

现象之二是：中国自1985年实施《专利法》至今，专利申请量突破300万件。而在这个可观的数字背后，却是目前我国专利转化的矛盾与无奈。为数众多的专利项目很少给这些发明人带来"真金白银"。专利的实际转化率通常不足10%，而在部分地区和部分产业中，专利的转化率甚至不足1%，与之相对的则是国外70%~80%的专利转化率。

一边是需求方亟须引进专利和成果，另一边却是已有的成果和专利无人问津。庞大的专利持有人群体也同样面临着专利难以转化、每年上缴专利保护费用却无法弥补费用开支的窘境，同时也造成了极大的资源浪费。虽然如此，专利的需求缺口却也同样无法满足。因此，提高专利转化率势在必行。

专利成果转化问题，实际上是一个科技如何更好地与经济相结合的问题。不同时期对智力价值的评价会发生一定变化，实现专利成果转化，不仅要靠研究人员创造专利成果，更要靠风险资金的支持，才能实现专利成果的转化。因此，从科技界来说，现在需要转变观念，重新定位自己的利润空间，为风险资金留出足够的利润空间，这样才会有更多的风险资金参与专利转化，也才能大幅提高专利成果转化率。

对于企业来说，关键是激发企业实施专利成果转化的热情。现在，我国的企业一方面是知识产权的意识还不强，缺乏对知识产权的保护意识，有些成果即使转化了也没申请专利。另一方面，由于专利的成熟度和组装配套程度不够，为企业实现专利成果转化带来了困难。因此，为企业创造更好的条件，增强其取得专利和实施专利的能力，是提高我国综合创新能力的重要保证。

二、专利转化平台

1. 网络发布

网络发布专利信息是指利用网络平台向市场和商户推介具有自主知识产权的发明作品，以期实现专利的生产力转化的目的。常用的网络发布形式有以下三种。

（1）官方自动发布。在专利成功申请后国家知识产权局专利局为保护专利权人的合法权益，通过官方网站对外发布专利信息。一般通过国家知识产权局专利局专利检索可以查新到专利的具体信息。

（2）商业推介。一般是通过商业网站，如中国专利网（http://www.cnpatent.com)、知易网（http://www.zhiyiwang.com）、中华专利超市网（http://www.ciprun.com）、专利之家网（http://www.zlzjw.com.cn）等发布自己的专利作品。可以免费发布，也可以按服务内容缴纳一定的年费或资讯费。

此外一种类似于"格子式商铺经营模式"的新型商业推介模式——"专利超市"也逐渐为人们所接受和应用。"专利超市"与"商标超市"、"版权超市"、"图文设计超市"等一样，均是"金三极知识产权格子铺"中的"子格子铺"之一。"知识产权格子铺"是著名创新专家郎加明原创并于2010年7月14日公开发表的一种新商业模式。

"格子铺"一词最早源于日本，是指在城市的某一商铺内，放置分割成若干格子的标准"格子柜"，任何人只需每月支付很少的费用，便可租用格子寄卖自己的物品，即等于拥有了自己的一个"格子铺"，同时会有专职人员代其进行经营和管理。借用"格子铺"的经营理念和管理模式，网络版"专利超市"也是以豆腐块大小的格子"版面"向公众和用户推介专利产品。"格子"版面位置和大小取决于用户性质（跟服务年费有关）和点击量等因素。

（3）定向宣传。专利权人会选择可能存在合作意向的商户，用E-mail或手机短信平台的方式向其发送专利推广信息。这种方式要求专利权人对商户的企业性质、产品分类、创新意识等要有所了解。如果自己的专利内容与商户的经营内容完全风马牛不相及，那么自己投递的材料往往是"泥牛入海，鸿雁不归"。

2. 发明展示

有条件的积极参加各级各类发明展，主要指全国性的、国家部委办行业级的、国际性的发明大赛和展评活动。这样做至少有两个好处：一是面对面向公众和商家积极推介自己的发明作品，以引起人们的关注，增强其投资信心和热情；二是此类展评会通常会设置金奖、银奖之类的名目，虽然其含金量不如国家科技奖，但这些"养在闺中人不识"的发明一旦披上金奖、银奖的外衣后便有机会被报纸、杂志、电视等媒体积极炒作和放大，其"知名度"也就不胫而走了。

3. 专利拍卖

所谓拍卖，即是以委托寄售为业的商行当众出卖寄售的货物，由许多顾客出价争购，到没有人再出更高一些的价时就拍板，表示成交。它通过一个卖方（拍卖机构）与多个买方（竞买人）进行现场交易，使不同的买方围绕同一物品或财产权利竞相出高价，从而在拍卖竞价中去发现其真实价格和稀缺程度，避免交易的主观随意性，更直接地反映市场需求，最终实现商品的最大价值。可见，拍卖的三个基本特点（或基本条件）是：拍卖必须有两个以上的买主；拍卖必须有不

职业院校创新发明与实践

断变动的价格；拍卖必须有公开竞争的行为。

所谓的专利拍卖就是改变过去那种一对一的转让方式，通过市场竞价交易的方式来实现专利权的转移，具有覆盖面广、公平竞价、合理出售等特点，对于有意转让专利权的人与潜在的受让人，是一种很好的交易方式。专利拍卖是一种无形资产的拍卖，其基本流程与有形资产拍卖的基本流程相同。目前，专利拍卖已经成为国际上专利转让、专利交易的一种新模式。企业在进行专利技术交易时可以将专利拍卖加以运用，以提高交易的可能性。

国家知识产权局保护协调司司长黄庆认为：由于专利的价值、市场前景、未来的收益、期限是不可预知的，具有非物质性、依赖性和不确定性等特征，因此专利拍卖具有较强的挑战性和刺激性，是一种创意与困难并存、风险与利润同在的项目。

专利拍卖最早于2006年出现在美国，企业往往把拍得的专利技术用于产品生产或者处理一些专利诉讼。随着市场对拍卖方式的普遍认同，专利拍卖现已成为美国一种较为成熟的技术交易模式。如美国著名的知识产权资本化综合性服务集团海洋托莫（ICAP Ocean Tomo），已在美国、亚洲和欧洲举办了9场知识产权现场拍卖会，成交金额累计超过千万美元。目前该公司每年定期举办专利拍卖会，每场都会吸引国内外众多企业、发明人、投资人、中介结构的参与。

我国近年来在专利拍卖领域也开始试验并获得巨大成功。2010年12月，中国科学院计算所以团体组织的形式，举办了首届专利拍卖会，70项专利最终拍出28项，拍卖成交率高达40%，在社会上引起巨大反响。

4. 技术入股

以技术出资入股是当前高新技术成果交易的重要方式。由于技术具有"无形"的特性，不同于货币出资或实物出资，在出资标的、出资义务及其履行问题上很容易发生争议。很多争议的产生，源于交易双方在谈判过程中急于求成，对许多关系到交易实质内容的合同条款未作仔细考虑就草草签约，埋下日后纠纷的隐患。技术入股一般应注意以下两方面的问题。

（1）应明确技术出资的标的

按照《中华人民共和国公司法》和其他有关技术入股的法律规定，技术方可以用专利权、商标权、非专利技术以及计算机软件著作权作为出资标的。在交易中，当事人首先必须明确：他们究竟是在对什么东西进行交易？是专利权还是计算机软件著作权？以专利权出资的，是否还附带相关的技术诀窍？以非专利技术出资的，其技术包括哪些具体内容？比如，它究竟是一种产品、一种工艺，还是一种设备，或者是几方面的内容兼有？对此需要在合同中清晰、明确地界定交易标的内涵和外延。然而，在大多数情况下，当事人都希望用一个非常简单的名称来概括双方交易的技术，例如笼统地将其称为"××技术"等，这恰恰为日后的争端埋下了伏笔。

曾有这样一个例子：某种汉字编码获得了一项方法专利权，再根据专利方法设计出该编码的输入软件(真正在市场上销售的是输入软件而不可能是输入方法)。发明人以这项专利技术与投资方成立合资公司。投资方的本意显然是想让合资公司能够销售装有输入软件的计算机、汉卡等产品。但是双方在技术出资协议书中只是简单地约定："技术性质为中国国内独占性专利"、"技术内容包括：表形码汉字卡；表形码教材；表形码字典；表形码计算机"。

这份协议书存在着两个重大缺陷：首先，没有明确是以专利权出资，还是以专利权的独占许可出资？从文字上看似乎更像是后者。其次，没有约定按取得专利的编码方法设计的输入软件著作权是否也作为出资标的？投资方认为发明人向合资公司移交了汉字编码的计算机、汉卡等物品，合资公司就可以合法地生产、销售它们了。这是一种误解，在法律上，技术的财产权与技术载体的财产权是完全不同的权利。结果，当事人在上述两个问题上都发生了纠纷，双方对出资标的各有不同的解释并先后三次对簿公堂，投资方为此吃尽了苦头。

（2）弄清技术出资人是否拥有技术的处分权

技术出资人必须是有权处分该技术的人。即使是技术的发明人，也未必拥有技术的处分权。按照我国法律规定，单位的职工执行本单位工作任务或者主要是利用单位的物质技术条件开发出来的技术，其权利归职工的单位拥有。有些技术投资项目，投资方没有弄清对方是否拥有技术的处分权就盲目签约，结果不但投资收不回来，甚至还必须与技术方一起承担侵权赔偿责任。所以，在与技术人员个人洽谈技术入股时，一定要注意审查对方的技术权属是否清晰。如果权属方面还存在未解决的纠纷，投资方就应慎重考虑自己的投资打算，以免"为他人做嫁衣裳"。

5. 合作生产

相对于专利技术入股而言，合作生产无疑具有更大的投资风险，但基于投资认证后的市场潜力更大、回报也更丰厚，并对商品的生产、管理、定价、销售和维权有精准的驾驭能力和协调能力。实践证明，一个好的专利没有闪电般的市场推出能力，往往是赚到的钱不够交"学费"，或者说是帮别人的"替代产品"做了次无偿广告而已。

三、专利转化实施

1. 通过网络免费发布专利信息

下面以登录中国专利网为例，说明网络发布的流程，其他商业网站发布信息流程大体相似。

（1）登录中国专利网（网址：http://www.cnpatent.com），如图6-1所示。单击右下角"免费发布"链接。

（2）在"免费发布"栏内，依次输入技术领域、专利名称、专利号、企业名称、描述、通讯地址及发明人等相关真实准确信息，如图6-2所示。然后，单击"提交"按钮。

职业院校创新发明与实践

图6-1　登录中国专利网

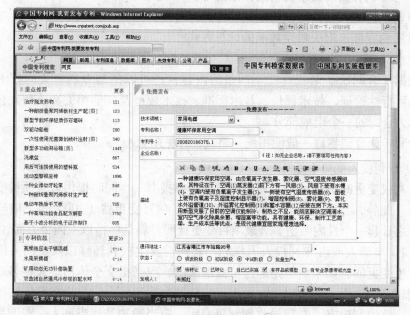

图6-2　免费发布专利相关信息

2.专利权转让实施

专利转让是指专利权人作为转让方，将其发明创造专利的所有权或将持有权移转给受让方，受让方支付约定价款所订立的合同。通过专利权转让合同取得专利权的当事人，即成为新的合法专利权人，同样也可以与他人订立专利转让合同，专利实施许可合同。

145

1）专利转让应纳税款

专利转让需按规定缴纳一定比例税收。具体是：转让专利收入需要按"转让无形资产"税目缴纳5%的营业税、5%的城建税与教育费附加。同时按转让专利收入扣除相关税收、费用后，按"特许权使用费所得"税目缴纳20%个人所得税。收入扣除缴纳的相关税金（营业税、城建税、教育费附加）后，区别不同收入分别处理：①不到4000元的，扣除费用800元，应纳税所得=收入–800元；②收入超过4000元的，扣除20%的费用，应纳税所得=收入×（1–20%）；③应纳税款=应纳税所得×20%。

2）专利转让合同签订

《中华人民共和国合同法》（以下简称《合同法》）第三百二十四条规定："技术合同涉及专利的，应当注明发明创造的名称、专利申请人和专利权人、申请日期、申请号、专利号以及专利权的有效期限。"根据相关规定，专利权转让合同除应具备《合同法》第三百二十四条规定的内容外，还应具备以下内容。

① 项目名称；

② 专利实施和实施许可的情况；

③ 与专利有关的技术资料的详细清单；

④ 转让价款和支付价款的地点、方式、时间；

⑤ 违约责任、损失赔偿数额的计算方式；

⑥ 争议解决的办法。

依据《合同法》第三百二十四条的内容，还可以把与专利有关的技术背景资料、可行性论证、技术评价、技术标准、技术规范及其他相关文档列入合同附件，作为合同的一个组成部分。

专利转让合同签订一般使用统一格式，详见附录A。

3）专利权人变更手续

专利权变更时必须填写"著录项目变更申报书"，同时提供著录项目变更证明材料。此外，专利变更时还应积极缴纳著录项目变更费（200元），应当自提出请求之日起一个月内缴纳。著录项目变更证明材料具体指以下四个方面。

（1）申请人或者专利权人因权利归属纠纷发生权利转移以及发明人因资格纠纷发生变更的，如果纠纷是通过协商解决的，应当提交全体当事人签名或盖章的权利转移协议书；如果纠纷是由人民法院判决确定的，应当提交发生法律效力的人民法院的判决书，专利局收到判决书后，应当通知其他当事人，查询是否提起上诉，在指定的期限（两个月）内未答复或明确未上诉的，判决书发生法律效力；提起上诉的，当事人应当出具上诉受理通知书，原人民法院判决书不发生法律效力。

如果纠纷是由地方知识产权局（或相应职能部门）调处决定的，专利局收到调处决定后，应当通知其他当事人，查询是否向法院提起诉讼；在指定期限（两个月）内未答复或明确未起诉的，调处决定发生法律效力；提起诉讼的，当事人

职业院校创新发明与实践

应出具法院受理通知书，原调处决定不发生法律效力。

（2）专利申请人或专利权人因权利的转让或赠予发生权利转移，要求变更专利申请人或专利权人的，必须提交转让或赠予合同的原件或经公证的复印件；该合同是由法人订立的，必须由法定代表人或者授权的人在合同上签名或盖章，并加盖法人的公章或者合同专用章；必要时须提交公证文件。公民订立合同的，由本人签名或者盖章；必要时须提交公证文件。有多个专利申请人或专利权人的，应提交全体权利人同意转让或赠予的证明材料。

涉及境外居民或法人的专利申请权或专利权的转让，应当符合下列规定：①转让方、受让方均属境外居民或法人的，必须向专利局提交双方签章的转让合同文本原件或经公证的复印件；②转让方属于中国大陆的法人或个人，受让方属于境外居民或法人的，必须出具国务院对外经济贸易主管部门会同国务院科学技术行政部门批准同意转让的批件，以及转让方和受让方双方签章订立的转让合同文本原件或经公证的转让合同文本复印件；③转让方属于境外居民或法人，受让方属于中国大陆法人或个人的，必须向专利局出具双方签章的经公证的转让合同文本原件；④上述专利申请权或专利权转让的著录项目变更手续，必须由转让方的申请人或专利权人或者其委托的专利代理机构办理。

（3）申请人或者专利权人为法人的，因其合并、重组、分立、撤销、破产或改制而引起的著录项目变更必须出具具有法律效力的文件。

（4）申请人或者专利权人因死亡而发生继承的，应当提交公证机关签发的当事人是唯一合法继承人或者当事人已包括全部法定继承人的证明文件。除另有明文规定外，共同继承人应当共同继承专利申请权或者专利权。

第二节 科技创业

一、科技创业意义

创业的真谛是创新，只有创新才能抢占市场。创新意识是个体从事创新活动的主要意愿和态度，只有具有强烈的创新意识的人，才能产生强烈的创新欲望，树立创新目标，发挥创新潜力和才智。

从国家到地方政府各层组织都在大力扶持自主创业，而自主创业中，利用科技创业更是一个国家、一个民族综合实力的体现。其创业条件与其他人员的模仿创业相比有许多的优势，科技创业需掌握着一定的科技成果或者科技知识，具备较强的能力，具备了机会型创业的条件。机会型创业的成功将为社会带来倍增效应，可以激发更多的社会人员创业，形成创业环境的良性循环。

创办科技型企业具有高速发展和裂变增长的潜能，能够不断地提供就业岗位，吸纳更多有专业基础的高学历的学生，这对解决目前学生就业压力有重要意义。同时由于创办的科技型企业处于成长期，能够为进入企业的员工提供更多的锻炼机会，为培养员工的创业能力提供实践的平台，为今后有机会自主创业打下坚实的基础。

现今的学生，是一个富有想象力、富有开拓性的、积极奋进的群体，他们能够摆脱传统思想的束缚，凸显自己的个性化思维。因此，现在学生在教师和专家们的辅导下，使一个个创新作品的发明问世也就是意料之中了。然而一个成功的创新作品，它真正地意味并不是仅仅停留在获得专利，拿到专利证书，而更多的是在于如何进入市场，如何走入千家万户，与人们的生活和工作息息相关，这样的产品才能称之为一个成功的创新作品。那么，如何使一个已获得发明专利的作品真正发挥其应有的作用，进入市场化的运作呢？下面就以此为课题，开展我们的科技创业实施方案。

二、科技创业实施方案

科技创业实施方案要解决的核心问题包括商机分析、企业文化和财务分析三个方面的内容。

1. 商机分析

所谓商机分析是指在自己的创新产品获得发明专利后，开始进入市场条件及竞争状态的分析和研究，也即人们常说的商业想法以及市场营销部分，通常包含以下内容。

（1）人们遇到的问题；

（2）人们产生的需求；

（3）我能捕捉的商机；

（4）我的企业为客户带来的价值；

（5）你在什么行业？

（6）为什么这是合适的行业？

（7）什么会使你的企业与众不同或闻名于世？

（8）你卖什么？

（9）为什么人们会到你这里购买？

（10）谁是你的竞争者？

（11）你如何脱颖而出？

（12）谁是和谁将是你的客户？

（13）你将向他们提供什么益处？

（14）有多少客户？

（15）你需要多少客户？

（16）他们的购买习惯是什么？

（17）他们现在在何处购买？

（18）他们将如何了解你？

以上这些问题，在你的产品诞生以后，就应该首先明确其内容。对自己产品

职业院校创新发明与实践

的市场条件、竞争状态的分析和研究可以很好地为你确定一个明确的目标，自己的产品是否有一定的市场，是否有其可行性，它所针对的群体是哪些？他们利用我的产品的最大益处是什么？自己的产品有无相似或类似的竞争对手，与这些竞争对手相比，我的竞争优势是哪些？可能存在的风险又是什么？

总之，要明确科技创业的领域是什么？它并不同于普通的创业范畴。它更多地具有其自身的特点：具有更多的科学性和技术性，并不容易被别人所复制和延续。为什么要选择科技创业，相信大多数人都明白，我们的社会是一个正在成长和发展中的社会，我们所提倡的是更多的创新型人才的诞生，而不仅仅是照搬许多别人已成功的创业事例，简单地复制只能使社会拥有更多的小商贩，更多的只是给自己谋求一条挣钱养家的手段，而这并不能带动整个就业市场的对高技术、高能力的人才需求。社会需要更多的具有创新创造精神的新时代的复合型人才，只有更多创新理念、创新思维、创新作品的诞生，才会让我们感受到一个进步的国家和一群具有开拓精神的青年们。

2. 企业文化

企业文化建设的具体目标是组建自己的管理团队，建立自己的组织文化，开展并实施自己的创新计划，具体如下。

（1）分析小组成员的兴趣、现有和潜在资源与条件；

（2）用SWOT进行分析；

（3）确定公司的主营业务：要求是"一定要在近期或近一两年内可行"；

（4）确定公司名称；

（5）设计公司标志；

（6）设计公司口号；

（7）设计公司海报；

（8）确定公司形式。

在经过严格认真的市场调查后，确定自己的产品在市场中的可行性与可开发性。如果我们的产品具有较理想的市场化，那么把自己的产品推向社会也就不再是一纸空文。那么自己创新团队的组建就摆到了我们的日程中来。可以说，一支精干的管理团队是创新事业成功的关键所在，对管理团队的人员要求也就可想而知。他们需要具有相当强的责任心与吃苦耐劳的精神，具有一定的创新精神，大家能够分工合作，各司其职。明确本团队的组织文化：我们共同的目标是如何把自己的产品带给人们最大的效益化。确定自己的企业文化，在市场上独有地获取持续的竞争核心能力等，团队能够有效地发展企业，为企业的发展能够出谋划策，并合理地规避投资风险，具有同甘共苦的主人翁精神。相信，这样的一支团队才能成为创新产品推广的有力保障。

3. 财务分析

财务分析要求根据营销手段的最终确立，分析自己的资金状况，也即财务规划，具体是：

（1）你需要多少初始投资？

（2）你如何维持现金流及流动性？

（3）你需要多少营运资金？

（4）你会执行什么样的预算？

（5）你如何控制你的财务状况？

（6）你能够承担多大的成长率？

（7）你能多久收回投资，你的投资回报率是多少？

财务的规划应该算是一个企业能否进入正常运营的关键问题。因此，要客观、准确地评估自己的经营成本，从产品定价、营销渠道、促销方式、所有权状况、收益预测等诸多方面严格分析自己的资金需求。对主要的竞争对手和市场驱动力进行适当分析，研究战胜对手的方案，不刻意在技术方面、质量方面和价格方面展开竞争。一个合理的资金管理是一个企业成功的最核心的工具。

三、编制商业计划书

制定一份商业计划书可以为你的科技创业方案的实施测绘一幅精准科学的"交通图"，它将指导你按照"地图"（计划）的指示确定何去何从。具体来说就是：详细说明你将如何实现你的想法；促使你以客观的、批评的和理性的眼光全面审视你的商业计划；完善的商业计划书是帮助你管理企业、高效工作直至成功的操作工具；完善的商业计划书使你可以与他人沟通你的想法，并提供了融资提案的基础。

这里首先提供给大家一个标准的商业计划书的模板（如图6-3所示），通过这个模板的讲解，相信许多同学一定会从中明确自己的创新创业思路，使自己的创新之路走得更加清楚和简单。

一份合理、客观的商业计划书应该包括这样几个重要的方面：企业简介；竞争优势和突出特点；营销和销售战略；组织和财务等。

下面就上述几个方面进行详尽的分析与介绍。

1. 企业简介

企业简介通常包括：企业使命、地点和地理位置信息、产品和服务介绍、企业业务类型、法律地位和所有权、人员构成等内容。

2. 目标市场分析

目标市场分析通常包括：市场细分、消费心理分析、市场的规模和发展趋势、目标客户的确定等内容。

3. 竞争分析

竞争分析通常包括：当前的战略、行业环境分析、SWOT分析、企业强项、市场机会、风险评估、战略定位等内容。

职业院校创新发明与实践

4. 营销计划与销售策略分析

营销计划与销售策略分析通常包括：企业信息、营销策略和营销工具、确定推广方案、销售力量和结构、销售假设等内容。

5. 运营分析

运营分析的内容通常包括：厂房和设施、生产工艺流程、生产设备及人员安排、原材料供应及库存管理等。

6. 财务数据分析

财务数据分析通常包括：初始投资、资金的来源和使用、损益表、现金流量表、资产负债表、盈亏平衡分析、投资收益率等。

7. 近期与未来目标与退出计划

近期与未来目标与退出计划主要包括：公司概述、总体战略、成长战略及里程碑（初期、中期、长期）、风险资本的退出等内容。

结合以上几个方面，设计一份从学生实际出发，较为简易的商业计划书。商业计划书封面如图6-3所示。商业计划书主体内容见表6-1。

商 业 计 划 书

企业名称：

地　　址：

联 系 人：

联系方式：

年　月

图6-3　商业计划书封面

表6-1　商业计划书主体内容

项　目	内　容			
我的商业想法	人们遇到的问题： 人们产生的需求： 我能捕捉的商机： 我的企业为客户带来的价值：			
我的商业资源	我或我的团队拥有的资源： 我或我的团队拥有的技术：			
我的竞争优势	创业能力： 人际网络： 商品优势： 服务特色：			
我的企业综述	业务类型	零售业□　　　批发业□　　　服务业□　　　制造业□		
	法律架构	个体工商户□　　　个人独资企业□　　　合伙企业□ 有限责任公司□　　　股份公司□　　　　非营利机构□		
	注册资金			
	经营场所			
	人员构成			
	经营特色			
	其　他			
市场营销	目标客户		顾客经济状况	
	年龄范围		性　别	
	信息渠道		购买习惯	
	其他特征			

职业院校创新发明与实践

项目	内 容
我的营销策略	产品：（介绍产品功能及用途，能满足消费者的什么需求） 价格：（计划以什么样的价格出售产品） 销售地点/渠道：（打算采取什么方式接近顾客）

推广方案（年度计划）

方　法	数　量	支 出 金 额	说　明
名片			
海报/传单			
宣传品			
报纸/杂志			
电视			
网站			
其他			

市场调研	调研项目	调查对象A	调查对象B
	会在哪里购买我的产品/服务？		
	打算花多少钱购买？		
	认为我的产品/服务有价值吗？		
	谁是我最强有力的竞争对手？		
	与竞争对手相比，我的产品/服务有什么优劣势？		
	有什么改进的意见和建议？		

一个单位的经济价值（定义一个用于计算经济价值的单位）

财务规划	定义一个单位				
	单位销售成本	批发&零售业	服务&制造业		合　计
		商品成本	材料费	人工费	
	每单位销售价格				
	单位毛利润				

第六章　专利成果转化

项 目	内　容		
财务规划	**初始投资（创办成本——在做成第一笔生意之前需要支付的款项）**		
	项　目	支付对象	金　额
	估计全部创办成本　　万元		
	融资渠道		
	来　源	金　额	性　质
	个人存款		
	亲戚		
	朋友		
	投资家		
	其他		
	总计所得资金		
	固定成本		
	固定经营成本类型	月固定经营成本	年固定经营成本	说　明
	租金		
	工资		
	广告		
	通讯费		
	低值易耗品(办公用品)		
	水电费		
	保险费		
	利息		
	其他		

职业院校创新发明与实践

项目	内　容			
	合　计			
	可变成本			
财务规划	可变成本类型		估算可变成本（销售量1%）	
	水电费			
	销售佣金			
	其他			
	估算可变经营成本（销售量的百分比）			

项目	月份	1	2	3	4	5	6	7	8	9	10	11	12	总计
月预算表	一、销售量													
	单位售价													
	二、总销售收入													
	说明	（月销售量评估的依据是什么？）												

项目		项　目	年度金额
年损益表		一、销售量	
		单位售价	
		二、总销售收入	
		减：销售商品成本/服务成本	
		减：销售税金（％）	
		三、毛利润	
		减：固定经营成本	
		可变经营成本	
		经营成本小计	
		四、利润	
		减：企业所得税	
		五、净利润	

项目	内 容		
财务分析	盈亏平衡点（至少选一种）	按实物单位计算	=固定经营成本/（单位毛利润−单位可变经营成本） =
		按金额计算	=固定经营成本/（1−（销售商品成本+可变经营成本）/销售收入） =
	投资回报率	=净利润/创办成本×100% =	
	回收期	=创办成本/净利润 =	
	财务分析	盈亏平衡点是否容易达到？ 投资回报率和回收期是否满意？ 此生意是否适合投资？	

项目	内 容	
企业经营目标	短期目标（1年）	长期目标（3~5年）
个人目标	短期目标（1年）	长期目标（3~5年）
公益计划	阐述我和我的公司将如何回报社区/社会，并实现自我的理想：	
广告创意	公司的标识或广告语，如：感谢您对"××××"的支持等。	

四、案例分析

下面以江苏省靖江中等专业学校某学生的发明专利产品——环保汤包盒为例，来具体介绍利用科技创业实施方案所设计的简单商业计划书，供大家参考和学习。

1. 封面设计

商 业 计 划 书

企业名称："爱心"环保汤包盒公司
地　　址：江苏省靖江城南园区
联系人、职务：某同学
联系方式：×××××
所在学校：江苏省靖江中等专业学校

2010年09月

职业院校创新发明与实践

2. 我的商业想法

（1）人们遇到的问题

蟹黄汤包是靖江的特产，闻名于全国乃至世界，每年螃蟹肥壮的时候都会有络绎不绝的人们来到靖江品尝汤包，其中当然也不乏当地人。但是因为它独特的制作工艺，不能够像正常的包子打包直接带走，必须冷冻才可以包装带走。我们都知道汤包刚出笼时的味道最美，经过冷冻再回笼的汤包口味会发生改变。没有好的包装盒，汤包也就很难走出靖江的市场。

（2）人们产生的需求

客人们品尝完后都想打包带给亲戚朋友，如果能有个好的包装盒，保证汤包的口味不发生变化，肯定能增加其销量，让那些远离靖江的朋友也能吃到最新鲜的蟹黄汤包。

（3）我能捕捉的商机

目前市场还没有可以直接打包的汤包保温盒，有些客人的要求又比较高，而我已经有了像样的样品研发专利，经过测试效果十分好，只要投入生产就可以上市使用。

（4）我的企业给客户带来的价值

让靖江的朋友以及远在外地的朋友都可以吃到新鲜美味的汤包，让靖江特产走向全国各地，直至全世界。

3. 我的资格

（1）在学校接受过创业指导，懂得创业理念。

（2）"汤包盒"作品曾代表学校外出比赛，获得江苏省南通"爱士杰"杯中职组创新大赛一等奖，现已申请专利。

（3）本人获得学校首届"创意之星"称号。

（4）利用节假日外出打工，更好地锻炼了自己，而且有一定的经营管理理念。

（5）我的团队成员具有很强的创新精神，有很好的团结合作精神，各尽其职，各自充分发挥自己的优势。

4. 我的竞争优势

（1）目前市场只有速冻汤包盒。

（2）我的包装盒不需要冷冻汤包就可以直接外带，保温效果相当好，使汤包口味不会发生任何改变。

（3）产品全部采用的是环保材料，方便又卫生，不会产生任何污染。

（4）我的企业使命：让人们吃得健康，吃得放心，吃得环保；让蟹黄汤包走出靖江，走出江苏，走出中国。

5. 我的企业综述

（1）企业类型

制造。

法律架构。

（2）注册资金

拾万元。

（3）我的产品简介

本实用新型作品主要涉及材料化学、结构学和公共卫生学等技术，并利用传导、对流原理提升保温、保鲜性能。

背景技术：汤包是靖江特产，也是我国的名特产，深受人们的喜爱。但由于汤包的特殊性而携带不便，食客们在品尝完后无法带回给亲戚朋友分享。该作品选题则为解决这一问题而确定。

创新内容：作品的主要目的是方便携带。由于汤包的特性，一般外带的汤包都是冷冻后出售的，解冻后鲜味尽失。我们则从这一特点出发，给其"穿上保温的外衣"，使之购买后不需要将其放入冷藏设备中也能保温4~6小时。特殊的汤包容器的结构设计解决了汤包易破损的问题，并容易将其取出。

同时，这种简易的纸质包装盒解决了汤包的外带问题，也可应用于其他冷鲜食品的包装；并且环保，不产生任何污染，可循环再利用。

环保汤包保温盒共由三部分组成——外壳、内盒和汤包容器，从汤包的特性出发，既可以"保热"，也可以"保冷"。

外壳的设计主要以黄色和白色为主，黄色可以引起人的食欲，螃蟹纹则突出了主题蟹黄，白色清爽、干净并可以反射热源，加入的古典花纹则给人清新、淡雅的感觉，通过汤包的照片增加了直观性。包装诠释了汤包的特色——皮薄、螃蟹鲜、汤清。内盒使用的瓦楞纸板作为主要保温材料，其质地疏松、导热性能差，是一种价格低廉并环保的保温材料。将其以特定的方式组合，再在表面贴上铝箔纸，让其中的死腔空气增加或减少红外辐射以达到减缓热传递的目的。特殊形状的汤包容器方便汤包的取出且不易破损，并可防止积水将汤包皮泡烂。放置热汤包时，瓦楞结构将水蒸气排出，并通过特制的异形"方便袋"可安全、卫生、方便地取出加热或直接饮用。实践证明，用此汤包盒携带回的汤包不破裂，不改鲜，不变形，保温好。

6. 市场营销

目标定位在各个销售汤包的酒店和饭店、所有出售汤包的场所以及商场等。

（1）营销计划

产品：环保汤包保温盒
价格：20元
地点：江苏省靖江市城南园区姜八路50号

（1）该地区周边环境好，交通便利。

（2）租金较低，开发区有一定的政策优惠。

（3）面积较大，适宜引进流水线。

职业院校创新发明与实践

推广：

（1）借助于媒体形式，向商家及人们介绍本产品的优点和使用价值，使人们对本产品有所了解。

（2）给销售汤包的餐饮业发放宣传资料。

（3）借助于网络，进行网络订单销售。

推广方案（年度计划）：

方　法	说　明	数量及单位
人员推销	派员工去销售汤包的餐饮部宣传	
广告	通过电视及报纸等宣传媒体	
营业推广	销售量达到一定数额可进行优惠	

（2）市场调研

竞争者	产品服务	价　格	地　点
靖江包装盒生产加工企业	包装盒的生产	10元左右	各超市及商店

7. 财务规划

（1）一个单位产品的经济价值

单位的定义	出售一个保温盒/元
单位售价	20
单位成本	5
单位毛利	15

（2）初始投资（创办成本）

项　目	支付对象	金额/万元
设备材料费	设备生产商	5
厂房	园区管委会	10
宣传	新闻机构	2
办公材料费	办公用品店	2
预备机动资金		19

估计全部创办成本19万元

（3）融资渠道

来　源	金额/万元	性　质
团队存款	20	
银行贷款	20	

来　源	金额/万元	性　质
合　计	40	

（4）固定成本

固定成本类型	月固定成本/万元	年固定成本/万元
材料费	1	12
人员工资	2	24
水电、网络费	0.5	6
宣传费	0.5	6
通讯费	0.5	6
不可预见费	0.5	6
合　计	5	60

8. 月度销售预测

月份	出售量/个	收入/万元	月份	出售量/个	收入/万元
一	10000	20	七	3000	6
二	5000	10	八	3000	6
三	3000	6	九	3500	7
四	3000	6	十	5000	10
五	3000	6	十一	5000	10
六	3000	6	十二	5000	10
总出售量	51500		总收入	103	

9. 利润预测——样本月/年度（自选样本月）

项　目	月度金额/万元	年度金额/万元
一、销售量	4800个	
二、收入	8.5	103
减销售商品成本	2.4	28.8
三、毛利润	6.1	74
减：固定成本	5	60
四、净利润	1.1	14

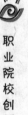

职业院校创新发明与实践

10. 财务分析

投资回报率	=净利润/创办成本×100% =14/19×100%=74%
回收期	=创办成本/净利润 =19/14≈1.4年

11. 企业目标

短 期 目 标	长 期 目 标
先向人群销售，得到好口碑后再向餐饮业批量出售	普及靖江市场，并且创立自己的品牌

12. 个人目标

短 期 目 标	长 期 目 标
销售步入正轨，运营良好，个人也能获得一份稳定收入	增加销售量，扩大企业经营范围 两年内，自己的企业能走向社会，参与市场竞争

13. 公益计划

（1）创办好企业，不辜负大众的期望。

（2）真正为大众提供方便。

（3）提供优质产品，让每位消费者都能吃上新鲜的蟹黄汤包。

（4）参加公益活动。

（5）每年将利润的10%捐赠给学校里的优秀学生，以资鼓励。

14. 广告宣传

感谢您对"爱心环保汤包盒公司"的支持！

五、注册公司

在前面作了大量科技创业的组织准备和技术准备后，接下来便可以注册您的公司，组织生产和管理了。注册公司流程详见附录B。

六、教学实践

根据以上所设计的商业计划书，以多功能语音导盲手杖为例，如何制订其科技创业的实施方案呢？

刘沁同学所发明的是实用新型专利，实用新型名称为多功能语音导盲手杖。

技术领域：本实用新型涉及盲人用品领域，更确切地说是基于超声波测距、湿度检测、光敏检测、无线防丢、语音等技术在导盲手杖上的综合应用。

背景技术：盲人出门经常会遇到撞到障碍物、踩到水潭等情况，由于盲人手杖上都漆有红白相间的标志，白天能引起行人及驾驶员的注意，但一到夜晚，此标志就失去了作用，再者盲人在家时往往不使用手杖，一旦需出门又到处摸找手杖。随着现代文明的进步，爱护关心残疾弱势人群已成风气，目前虽已有较多的导盲产品问世，但功能单一，技术含量不高，实用价值不大。

发明内容：本实用新型的目的在于克服上述之不足，为盲人和视觉障碍老人提供一款安全、可靠、方便的多功能语音导盲手杖。

本实用新型的目的是采用以下技术来实现的。多功能语音导盲手杖由温度检测电路、超声波测距电路、语音识别电路组成，其特征在于：在手杖上端有一把手，把手上装有电源开关及语音识别开关，手杖中部装有超声波发射、接收器，湿度传感器安装在手杖底部，红色高亮度发光二极管安装在把手下四周，由光敏传感器控制，夜晚发出红光引起行人注意，超声波检测电路、湿度检测电路、语音识别电路、无线接收电路、报警电路都制在印刷线路板上，安装在手杖内。手杖上装有伸缩调节装置，以适应不同身高的盲人使用。手杖内装有可充电电池，充电插孔安装在手杖上，扬声器在把手上。

本实用新型的显著效果：集超声波测距、湿度检测、光敏检测、无线防丢、语音等技术于一体，能保障盲人白天、夜晚、雨天行走安全，用遥控器凭借声音可快速找到自己的手杖，能适合不同身高盲人使用。灵敏度高，可靠性强，操作简便，有广阔的市场前景等诸多优点。

专利转让合同（样本）

（合同编号：＿＿＿＿＿＿＿）

受让方：＿＿＿＿＿＿＿　　（以下简称甲方）

法定住址：＿＿＿＿＿＿＿

法定代表人：＿＿＿＿＿＿＿

职务：＿＿＿＿＿＿＿

委托代理人：＿＿＿＿＿＿＿

身份证号码：＿＿＿＿＿＿＿

通讯地址：＿＿＿＿＿＿＿

邮政编码：＿＿＿＿＿＿＿

联系人：＿＿＿＿＿＿＿

电话：＿＿＿＿＿＿＿

传真：＿＿＿＿＿＿＿

账号：＿＿＿＿＿＿＿

电子信箱：＿＿＿＿＿＿＿

转让方：＿＿＿＿＿＿＿　　（以下简称乙方）

法定住址：＿＿＿＿＿＿＿

法定代表人：＿＿＿＿＿＿＿

职务：＿＿＿＿＿＿＿

委托代理人：＿＿＿＿＿＿＿

身份证号码：＿＿＿＿＿＿＿

通讯地址：＿＿＿＿＿＿＿

邮政编码：＿＿＿＿＿＿＿

联系人：＿＿＿＿＿＿＿

电话：＿＿＿＿＿＿＿

传真：＿＿＿＿＿＿＿

账号：＿＿＿＿＿＿＿

电子信箱：＿＿＿＿＿＿＿

专利有效期限：＿＿＿＿＿＿＿年＿＿＿＿＿＿＿月＿＿＿＿＿＿＿日至＿＿＿＿＿＿＿年＿＿＿＿＿＿＿月＿＿＿＿＿＿＿日

本合同乙方将其_____的专利权转让甲方，甲方受让并支付相应的转让价款。双方经过平等协商，在真实、充分地表达各自意愿的基础上，根据《中华人民共和国合同法》的规定，达成如下协议，并由双方共同恪守。

第一条 本合同转让的专利权：

（一）为_____（发明、实用新型、外观设计）专利。

（二）发明人/设计人：_____。

（三）专利权人：_____。

（四）专利授权日：_____。

（五）专利号：_____。

（六）专利有效期限：_____。

（七）专利年费已交至_____。

第二条 乙方在本合同签署前实施或许可本项专利权的状况如下：

（一）乙方实施本项专利权的状况（时间、地点、方式和规模）：

_____

（二）乙方许可他人使用本项专利权的状况（时间、地点、方式和规模）：

_____

（三）本合同生效后，乙方有义务在_____日内将本项专利权转让的状况告知被许可使用本发明创造的当事人。

第三条 甲方应在本合同生效后，保证原专利实施许可合同的履行。乙方在原专利实施许可合同中享有的权利和义务，自本合同生效之日起，由甲方承受。乙方应当在_____日内通知并协助原专利实施许可合同的让与人与甲方办理合同变更事项。

第四条 本合同生效后乙方继续实施本项专利的，按以下约定办理：

_____

第五条

（一）为保证甲方有效拥有本项专利权，乙方应向甲方提交以下技术资料：

1. 向中国专利局递交的全部专利申请文件，包括说明书、权利要求书、附图、摘要及摘要附图、请求书、意见陈述书以及著录事项变更、权利丧失后恢复权利的审批决定、代理委托书等（若申请的是PCT，还要包括所有PCT申请文件）。

2. 中国专利局发给乙方的所有文件，包括受理通知书、中间文件、授权决定、专利证书及副本等。

3. 乙方已许可他人实施的专利实施许可合同书，包括合同书附件（即与实施该专利有关的技术、工艺等文件）。

4. 中国专利局出具的专利权有效的证明文件。指最近一次专利年费缴费凭证（或专利局的专利登记簿），在专利权撤销或无效请求中，中国专利局或专利复审委员会或人民法院做出的维持专利权有效的决定等。

5. 上级主管部门或国务院有关主管部门的批准转让文件。

职业院校创新发明与实践

6. _____。

（二）交付资料的时间

合同生效后，乙方收到甲方支付给乙方的转让费后_____日内，乙方向受让方交付合同第一条所述的全部资料，或者合同生效后，_____日内乙方向甲方交付合同第一条所述的全部（或部分）资料；如果是部分资料，待甲方将转让费交付给乙方后_____日内，乙方向甲方交付其余的资料。

（三）交付资料的方式和地点

乙方将上述全部资料以面交、挂号邮寄或空运等方式递交给甲方，并将资料清单以面交、邮寄或传真的方式递交给甲方，将空运单以面交、邮寄方式递交给甲方。全部资料的交付地点为甲方所在地或双方约定的地点。

第六条 过渡期条款

（一）在本合同签字生效后，至专利局登记公告之日，乙方应维持专利的有效性，在这一期间，所要缴纳的年费、续展费（对_____年_____月_____日前申请的实用新型、外观设计）由乙方支付。

（二）本合同在专利局登记公告后，甲方负责维持专利的有效性，如办理专利的年费、续展费、行政撤销和无效请求的答辩及无效诉讼的应诉等事宜。（也可以约定，在本合同签字生效后，维持该专利权有效的一切费用由甲方支付。）

（三）在过渡期内，因不可抗力，致使乙方或甲方不能履行合同的，本合同即告解除。

第七条 本合同签署后，由_____方负责在_____日内办理专利权转让登记事宜。

第八条 为了保证甲方有效拥有本项专利，乙方向甲方转让与实施本项专利权有关的技术秘密：

1. 技术秘密的内容：_____。

2. 技术秘密的实施要求：_____。

3. 技术秘密的保密范围和期限：_____。

第九条 乙方向甲方保证，在本合同订立时，本专利权不存在如下缺陷：

1. 该专利权受物权或抵押权的约束；

2. 本专利权的实施受到另一个现有的专利权限制；

3. 有专利先用权的存在；

4. 有强制许可证的存在；

5. 有被政府采取"计划推广许可"的情况；

6. 本专利权项下的发明属非法所得。

在本合同订立时，乙方如果不如实向甲方告知上述权利缺陷，甲方有权拒绝支付使用费，并要求乙方补偿由此而支付的额外开支。

第十条 根据《专利法》第五十条，在本合同成立后，乙方的专利权被撤销或被宣告无效时，如无明显违反公平原则，且乙方无恶意给甲方造成损失，则乙方不向甲方返还转让费，甲方也不返还全部资料。

附 录 A

如果本合同的签订明显违反公平原则，或乙方有意给甲方造成损失的，乙方应返还转让费。

他人向专利局提出请求撤销专利权，或请求专利复审委员会对该专利权宣告无效或对复审委员会的决定（对发明专利）不服向人民法院起诉时，在本合同成立后，由甲方负责答辩，并承担由此发生的请求或诉讼费用。

第十一条 甲方向乙方支付该项专利权转让的价款及支付方式如下：

1. 专利权的转让价款总额为：＿＿＿＿＿＿＿；其中，技术秘密转让价款为＿＿＿＿＿＿＿。

2. 专利权的转让价款由甲方＿＿＿＿＿＿＿（一次、分期或提成）支付乙方。

具体支付方式和时间如下：

乙方开户银行名称、地址和账号为：

开户银行：＿＿＿＿＿＿＿

地址：＿＿＿＿＿＿＿

账号：＿＿＿＿＿＿＿

3. 双方确定，甲方以实施研究开发成果所产生的利益提成支付乙方的研究开发经费和报酬的，乙方有权以＿＿＿＿＿＿＿方式查阅甲方有关的会计账目。

4. 对乙方和甲方均为中国公民或法人的，本合同所涉及的转让费需纳的税，依《中华人民共和国税法》，由乙方纳税。

5. 对乙方是境外居民或单位的按《中华人民共和国税法》及《中华人民共和国外商投资企业和外国企业所得税法》由乙方向中国税务机关纳税。

6. 对乙方是中国的公民或法人，而甲方是境外单位或个人的，则按对方国家或地区税法纳税。

第十二条 双方确定，在本合同履行中，任何一方不得以下列方式限制另一方的技术竞争和技术发展。

第十三条 双方确定：

1. 甲方有权利用乙方转让专利权涉及的发明创造进行后续改进。由此产生的具有实质性或创造性技术进步特征的新的技术成果，归＿＿＿＿＿＿＿（甲方、双方）方所有。具体相关利益的分配办法如下：＿＿＿＿＿＿＿。

2. 乙方有权在已交付甲方该项专利权后，对该项专利权涉及的发明创造进行后续改进。由此产生的具有实质性或创造性技术进步特征的新的技术成果，归＿＿＿＿＿＿＿（乙方、双方）方所有。具体相关利益的分配办法如下：＿＿＿＿＿＿＿。

第十四条

对乙方：

1. 乙方拒不交付合同规定的全部资料，办理专利权转让手续的，甲方有权解除合同，要求乙方返还转让费，并支付违约金＿＿＿＿＿＿＿元。

2. 乙方无正当理由，逾期向甲方交付资料办理专利权转让手续（包括向专利局做著录事项变更），每逾期一周，支付违约金＿＿＿＿＿＿＿元，逾期两个月，

职业院校创新发明与实践

甲方有权终止合同，并要求返还转让费。

3. 根据第六条违约的，乙方应支付违约金＿＿＿＿＿＿＿元。

对甲方：

1. 甲方拒付转让费，乙方有权解除合同和要求返回全部资料，并要求赔偿其损失或支付违约金＿＿＿＿＿＿＿元。

2. 甲方逾期支付转让费，每逾期＿＿＿＿＿＿＿（时间）支付违约金＿＿＿＿＿＿＿元；逾期两个月，乙方有权终止合同，并要求支付违约金＿＿＿＿＿＿＿元。

3. 根据第六条违约的，甲方应支付违约金＿＿＿＿＿＿＿元。

违约方承担违约责任后，签约方约定本合同内容：

1. 继续履行。

2. 不再履行。

3. 是否履行再行协商。

第十五条 双方确定，在本合同有效期内，甲方指定＿＿＿＿＿＿＿为甲方项目联系人，乙方指定＿＿＿＿＿＿＿为乙方项目联系人。项目联系人承担以下责任：

一方变更项目联系人的，应当及时以书面形式通知另一方。未及时通知并影响本合同履行或造成损失的，应承担相应的责任。

第十六条 双方确定，出现因发生不可抗力情形，致使本合同的履行成为不必要或不可能的，可以解除本合同。

第十七条 争议处理

（一）本合同受＿＿＿＿＿＿＿国法律管辖并按其进行解释。

（二）本合同在履行过程中发生的争议，由双方当事人协商解决，也可由有关部门调解；协商或调解不成的，按下列第＿＿＿＿＿＿＿种方式解决：

1．提交＿＿＿＿＿＿＿仲裁委员会仲裁。

2．依法向人民法院起诉。

第十八条 不可抗力

（一）如果本合同任何一方因受不可抗力事件影响而未能履行其在本合同下的全部或部分义务，该义务的履行在不可抗力事件妨碍其履行期间应予中止。

（二）声称受到不可抗力事件影响的一方应尽可能在最短的时间内通过书面形式将不可抗力事件的发生通知另一方，并在该不可抗力事件发生后＿＿＿＿＿＿＿日内向另一方提供关于此种不可抗力事件及其持续时间的适当证据及合同不能履行或者需要延期履行的书面资料。声称不可抗力事件导致其对本合同的履行在客观上成为不可能或不实际的一方，有责任尽一切合理的努力消除或减轻此等不可抗力事件的影响。

（三）不可抗力事件发生时，双方应立即通过友好协商决定如何执行本合同。不可抗力事件或其影响终止或消除后，双方须立即恢复履行各自在本合同项下的各项义务。如不可抗力及其影响无法终止或消除而致使合同任何一方丧失继续履行合同的能力，则双方可协商解除合同或暂时延迟合同的履行，且遭遇不可抗力一方无须为此承担责任。当事人延迟履行后发生不可抗力的，不能免除责任。

（四）本合同所称"不可抗力"是指受影响一方不能合理控制的，无法预料或即使可预料到也不可避免且无法克服，并于本合同签订日之后出现的，使该方对本合同全部或部分的履行在客观上成为不可能或不实际的任何事件。此等事件包括但不限于自然灾害如水灾、火灾、旱灾、台风、地震，以及社会事件如战争（不论曾否宣战）、动乱、罢工、政府行为或法律规定等。

第十九条　解释

本合同的理解与解释应依据合同目的和文本原义进行，本合同的标题仅是为了阅读方便而设，不应影响本合同的解释。

第二十条　补充与附件

本合同未尽事宜，依照有关法律、法规执行，法律、法规未作规定的，双方可以达成书面补充协议。本合同的附件和补充协议均为本合同不可分割的组成部分，与本合同具有同等的法律效力。

第二十一条　合同效力

本合同自双方或双方法定代表人或其授权代表人签字并加盖公章之日起生效。有效期为＿＿＿＿＿年，自＿＿＿＿＿年＿＿＿＿＿月＿＿＿＿＿日至＿＿＿＿＿年＿＿＿＿＿月＿＿＿＿＿日。本合同正本一式＿＿＿＿＿份，双方各执＿＿＿＿＿份，具有同等法律效力；合同副本＿＿＿＿＿份，送＿＿＿＿＿留存一份。

第二十二条　双方确定：本合同及相关附件中所涉及的有关名词和技术术语，其定义和解释如下：

1. 专利——乙方许可甲方实施的由国家知识产权局授权的＿＿＿＿＿专利，专利号：＿＿＿＿＿，发明创造名称：＿＿＿＿＿。

2. 合同产品——甲方使用本专利生产的符合企业标准或说明书的系列产品，简称产品，其名称为：＿＿＿＿＿或＿＿＿＿＿或其他。

3. 企业标准或说明书——甲方制定的系列产品中每种产品的企业标准或说明书，其规定或说明的性能和功能指标，必须至少能够体现产品的实用价值。

4. 专利权转让——乙方将本专利的全部权利转让给甲方（全国独家买断），即甲方拥有接收专利资料（《专利证书》等）原件，设计、试制、生产、销售合同产品，办理专利著录事项变更登记，将专利权再转让或再许可，以及在此技术基础上申请新的专利等全部权利。

5. 试制期——签约日起至其后的叁拾日止。试制期内，甲方必须尽力设计、试制合同产品，并制定企业标准或说明书。

6. 第三方——自然人或其营业执照载明的法人或法人代表与合同双方的自然人或其营业执照载明的法人或法人代表不同的单位或个人。

第二十三条　与履行本合同有关的下列技术文件，经双方以＿＿＿＿＿方式确认后，为本合同的组成部分：

职业院校创新发明与实践

1. 技术背景资料：_____；
2. 可行性论证报告：_____；
3. 技术评价报告：_____；
4. 技术标准和规范：_____；
5. 原始设计和工艺文件：_____。

第二十四条 本合同自国务院专利行政部门登记之日起生效。

第二十五条 双方约定本合同其他相关事项为：_____。

1. 为保证双方能及时交换意见，约定以电子邮件作为商议合同条款交换意见的方式。收到对方合同草案或意见，必须在_____个工作日以内，确定或修改，并发电子邮件给对方。过期答复，则本合同条款可以提出重新商议。

2. 本合同自签约日起生效。在合同执行中，对其条款的任何变更、修改和增减，都须经双方协商同意并签署书面文件，作为合同的组成部分，与合同具有同等效力。

3. 发生法定不可抗力事件（如火灾、水灾、地震、战争等）时，甲方以有效证明及时通知乙方，本合同终止执行，已发生的费用不再退还或结算。

4. 本合同用中文打印，一式_____份，乙方、甲方、合同签订地的公证处、合同签订地的技术合同登记机关及双方所在地的专利管理部门各存一份。本合同及以后双方的重要来往函件不论寄或发（挂号邮寄件、电子邮件发的扫描件、传真件），以中文打印并签字盖章为有效。

转让方（盖章）：_____　　　受让方（盖章）：_____

法定代表人（签字）：_____　法定代表人（签字）：_____

委托代理人（签字）：_____　委托代理人（签字）：_____

签订地点：_____　　　　　　签订地点：_____

_____年____月____日　　　　_____年____月____日

附

录

A

注 册 公 司 流 程

注册公司的一般流程如下。

1. 核名

申办人提供法人和股东的身份证复印件（或身份证上姓名即可），到工商行政管理局领取一张"企业（字号）名称预先核准申请表"，填写拟注册的公司名称（申办人提供公司名称2~10个，写明经营范围、出资比例。），由工商行政管理局上网（工商行政管理局内部网）检索是否有重名。如果没有重名，工商行政管理局会核发一张"企业（字号）名称预先核准通知书"。

例如：上海（地区名）+某某（字数两个、企业名）+贸易（行业名）+有限公司（类型）。备注：行业名要规范。将该名称提交到上海市工商行政管理局查名，由三名工商查名科注册官进行综合审定，给予注册核准，并发放盖有上海市工商行政管理局名称登记专用章的"企业名称预先核准通知书"。通常周期需要3~5个工作日。

2. 起草公司章程

《中华人民共和国公司法》（以下简称《公司法》）第十一条规定："设立公司必须依法制定公司章程。公司章程对公司、股东、董事、监事、高级管理人员具有约束力。"该规定明确地强调了公司章程对于公司的重要性，公司章程对于公司而言不但是股东合意达成的协议，更是公司的"内部法律"。

对于有限公司和股份公司而言，除了公司名称和住所、公司经营范围、公司注册资本、公司法定代表人等章程共同的必要事项外，有限公司的章程还应当载明股东的姓名或者名称；股东的出资方式、出资额和出资时间；公司的机构及其产生办法、职权、议事规则等事项。股份公司的章程还应当载明：公司设立方式；公司股份总数、每股金额；发起人的姓名或者名称、认购的股份数、出资方式和出资时间；董事会的组成、职权和议事规则；监事会的组成、职权和议事规则；公司利润分配办法；公司的解散事由与清算办法；公司的通知和公告办法等。

有限公司的章程一般由全体股东签字订立，同时在公司章程上签章也是当事人具有股东资格的一个证明；而对股份公司而言，公司章程需要全体发起人签字盖章。

公司章程的修改是法律所允许的，但是也要遵循法定的程序。有限公司和股份公司都规定对于公司章程的修改属于股东会或股东大会的职权范围，公司的其他组织机构不能修改公司章程，但是董事会可以提出修改章程。《公司法》规定，有限责任公司修改公司章程的决议，必须经代表2/3以上表决权的股东通过；

股份有限公司修改公司章程的决议，必须经出席股东大会的股东所持表决权的2/3以上通过。公司章程修改后，公司董事会应向工商行政管理机关申请变更登记。

3. 准备相关证件及资料

提供办理企业工商登记营业执照材料，新注册公司申办人应提供一个法人和全体股东的身份证各一份，户口簿各一份，照片各三张，私章各一枚，简历各一份，公司章程一份，企业场地租赁协议一份。相关行政机关如有新规定，按照国家规定相互配合完成。

经营范围中有特种许可经营项目的，报送审批时还需相关部门报审盖章。特种行业办理许可证，根据行业情况及相应部门规定不同，分别分为前置审批和后置审批。

4. 开户验资

按照《公司法》规定，企业投资者需按照各自的出资比例，提供相关注册资金的证明，通过会计师事务所或审计师事务所进行审计并出具"验资报告"。验资后，应将验资报告连同验资证明材料及其他附件一并交与委托人，作为申请注册资本的依据。通常周期需要5个工作日。

5. 注册公司

到工商行政管理局领取公司设立登记的各种表格，包括设立登记申请表、股东（发起人）名单、董事经理监理情况、法人代表登记表、指定代表或委托代理人登记表。填好后，连同核名通知、公司章程、房租合同、房产证复印件、验资报告一起交给工商行政管理局。大概3个工作日后可领取执照。

6. 办理公章

凭营业执照，到公安局指定的刻章社，刻公章、财务章。

7. 办理企业组织机构代码证

凭营业执照到技术监督局办理组织机构代码证，费用是80元。办此证需要半个月，技术监督局首先会发一份预先受理代码证明文件，凭此文件可以办理后面的税务登记证、银行基本户开户手续。

8. 办理税务登记

领取执照后，在30日内到当地税务局申请领取税务登记证。一般的公司都需要办理两种税务登记证，即国税和地税。

9. 到银行开基本户

凭营业执照、组织机构代码证，去银行开立基本账户。中国人民银行规定，企业必须拥有自己的基本账户，可以根据企业经营的需求，选择自己最方便的任何银行开设基本账户，具体银行规定请咨询相关开户行。一般周后可到开户行领取基本账户管理卡。

10. 办理发票

申请发票购用簿。由企业向所在税务局申请，领取由国家税务局和地方税务局共同监制的发票购用印制簿。通常周期需要2个工作日。

购买发票需准备的材料：《发票印制购用登记表》、办税人员(一般为财务人员或企业法人、职员等)的身份证、证件照2张、办理发票准购证。办理时应带好公章、法人章、发票专用章、《税务登记证》原件。办税人员本人和公司财务负责人应同去税务部门。第一次申领发票需法人签字，即需要法人同去税务部门。

职业院校创新发明与实践

参考文献

[1] 周桢祥.创新思维理论与方法.沈阳：辽宁大学出版社，2005

[2] 李嘉曾.创造性思维入门.江苏：江苏教育出版社，2002

[3] 高卢麟.中国专利教程专利文献.北京：专利文献出版社，1994

[4] 张学斌.悟性·灵感·创造——与读者谈临床论成长话人生.北京：北京理工大学出版社，2007

[5] 李喜桥.创新思维与工程训练.北京：北京航空航天大学出版社，2005

参 考 文 献

[1]

[2]

[3]

[4]

[5]